Blutiger Bergfried

Von J.J. Eater

Buchbeschreibung:

In einer idyllischen Kleinstadt am südlichen Niderrhein fallen Frauen grausamen Morden zum Opfer. Der zuständigen ermittelnden Beamtin Fiona Kirchner stellt man einen neuen Kollegen, Hanno Richter, zur Seite. Zwischen den Beiden hakt es gewaltig, was die Lösung des Verbrechens und die Überführung des Mörders erheblich erschwerern. Unter gewaltiger Anstrengung gelingt es ihnen die zwischenmenschliche Kluft zu über- winden und der Lösung des Falls auf die richtige Spur zu kommen.

Über den Autor:

Die Idylle, in der J.J. Eater mit ihrem Mann lebt heißt Wassenberg und liegt am südlichen Niederrhein, nahe der niederländischen Grenze.Seit vier Jahren schreibt sie Lokalkrimis. Ihre Heimat bietet ihr alles was das Herz begehrt: schaurige Leichenfundorte, unheimliche Monumente und eine geheimnisvolle Historie, die bis weit ins Mittelalter zurückreicht. Alles drängt danach, aufgeschrieben zu werden. J.J. Eater liebt das Gefühl, wenn alle in der Geschichte in Gang gebrachten Rädchen am Ende ineinandergreifen.

Bibliographische Information der Deutschen
Nationalbibliothek verzeichnet diese Publikation in der
Deutschen Nationalbibliothek. Detaillierte bibliographische
Daten sind im Internet über http://dnb.dnb.de abrufbar,

Blutiger Bergfried

Ein Wassenbergkrimi

Von J.J. Eater

Hochfeldstrasse 9

41849 Wassenberg

02432/908903

sesser69@t-online.de

1. Auflage, 2020

© Sabine Esser:01

Hochfeldstrasse 9

41849 Wassenberg

Herstellung und Verlag:

BoD - Books on Demand, Norderstedt

sesser69@t-online.de

9783750437180

Prolog

Die Wohnungstür fiel ins Schloss und der Schlüssel wurde von außen ins Schloss gesteckt und mehrfach gedreht.

Wieder waren sie eingeschlossen.

Ihr Bruder schaute sie resigniert an. In seinen Augen konnte sie die Angst ablesen, die sich früher oder später immer einstellte, auch bei ihr selbst.

Es begann schon zu dämmern, als sie hungrig wurden.

Sie wussten nicht, wie lange sie schon eingeschlossen waren - ein paar Stunden vielleicht.

Zusammen schlichen sie mit hängenden Köpfen in die Küche auf der Suche nach etwas Essbarem, immer ein Ohr auf die Wohnungstür gerichtet, damit sie nicht bei etwas Unerlaubtem entdeckt wurden.

Leider vergaß ihre Mutter stets, vor Ihren spontanen Ausflügen Vorräte einzukaufen.

Und da sie sie „nur zu ihrem Besten" einschloss, hatten sie auch keine Möglichkeit, sich eine Mahlzeit zu besorgen, selbst wenn sie über etwas Geld verfügt hätten.

Wenn sie dann von ihren oft mehrtägigen Touren zurückkam, fiel sie entweder mit ihrem neuen Liebhaber oder total betrunken ins Bett, oder nicht selten genug war beides der Fall.

Selbst dann schenkte sie ihnen keinerlei Aufmerksamkeit, sondern erst, wenn sie ihren Rausch ausgeschlafen hatte, oder ihre neu errungene Bettbekanntschaft die Wohnung wieder verließ.

Der Hunger und Durst ihrer Kinder störte da nur. Also waren sie auf sich allein gestellt in dieser Hinsicht und in so manch anderer auch.

In der Küche angekommen öffneten sie zuerst den Kühlschrank.

Bis auf ein vergammeltes Stück Käserinde und eine Scheibe vertrocknete Salami, die uneingepackt auf dem mit ranzigen Milch- und Fetträndern übersäten Glaseinschub des Kühlschrankes lag, herrschte hier gähnende Leere.

So groß war ihr Hunger noch nicht, dass sie in der Lage gewesen wären, ihren Ekel zu überwinden, um den Inhalt des Kühlschranks hinunter zu würgen.

Der Brotkorb war ebenfalls leer.

Ihre ganze Hoffnung ruhte nun auf der winzigen Abstellkammer, welche allerdings mehr einer Rumpelkammer glich. Dort herrschte messiartiges, dreckiges Chaos.

Sie mussten sich durch unzählige volle Müllsäcke kämpfen, um bis zu den Regalböden vorzudringen.

Endlich am Ziel angekommen entdeckten sie eine Tütensuppe, deren Haltbarkeitsdatum schon ein halbes Jahr abgelaufen war, und eine Packung Nudeln.

Dankbar, überhaupt etwas Essbares gefunden zu haben, beratschlagten sie nun, welche Mahlzeit zuerst verspeist werden sollte.

Sie entschieden sich für die Tütensuppe, da sie nicht wussten, welchen Zeitraum sie eingeschlossen überbrücken mussten.

Um den ersten Hunger zu stillen, würde die Tütensuppe wohl reichen.

Voller Zuversicht bereiteten sie diese zu und aßen sie bis auf den letzten Tropfen.

Um beschäftigt zu sein, spülten sie die Teller, das Besteck und den Kochtopf.

Ihre Mutter mochte es schizophrenerweise überhaupt nicht, wenn sie in ihrer Abwesenheit *Dreck* machten.

Eigentlich mochte sie es auch nicht in ihrer Anwesenheit.

Nun setzte wieder dieses ängstliche Warten ein. Warten auf die Rückkehr ihrer Mutter.

Kam sie überhaupt wieder?

Und wenn ja, wen brachte sie dieses Mal mit?

Kapitel 1

Die Fotos waren mit der Post gekommen und zeigten sie in eindeutiger Pose mit einem Mann, den sie über alles liebte und den zu verlieren sie panische Angst hatte. Tragischerweise war dieser Mann an eine sterbenskranke Frau gebunden, wie er ihr erzählt hatte. Er musste sie versorgen und war lebenslänglich an sie gebunden.

Trennung ausgeschlossen!

Mehr als eine Hand voll heimlicher Treffen waren nicht drin.

Auf der Rückseite eines dieser Fotos war eine Forderung formuliert worden, von der sie nicht sicher war, ob sie ihr nachkommen sollte.

Um 20 Uhr hatte sie sich auf dem Bergfried einzufinden.

Es gruselte sie jetzt schon bei dem Gedanken daran, auf den finsteren Bergfried zu kraxeln.

Als sie begann, sich für dieses Treffen fertig zu machen, war sie immer noch nicht sicher, ob sie diese Fotos nicht einfach ignorieren sollte.

Aber konnte sie sich das leisten? Was wäre die Konsequenz?

Neben einem dicken Rollkragenpullover und einer bequemen Jeans, die ihr genügend Bewegungsfreiheit in den Beinen gewährte - man konnte ja nie wissen - kramte sie aus einem ihrer nicht ausgepackten Umzugskartons einen Schal hervor und Handschuhe. Es war zwar noch Herbst, aber die Wettervorhersage hatte für die kommende Nacht schon Minusgrade vorhergesagt. Das prophylaktisch erworbene Pfefferspray - denn seit einiger Zeit fühlte sie sich zunehmend unwohl, irgendwie beobachtet - steckte sie gut erreichbar in ihre Manteltasche.

Offensichtlich hatte sie damit nicht so falsch mit ihrem Gefühl gelegen, wie ihr die Fotos nun bestätigten.

Ihren Schlüsselbund steckte sie ein. So ausgestattet machte sie sich auf den Weg.

Im Freien war es stockfinster, und es regnete Bindfäden. Die Straßenlaternen spendeten nur spärliches Licht für den für sie zurück zu legenden Fußweg den Bergfried hinauf.

Der starke Wind verfing sich in dem noch verbliebenen Laub in den Baumkronen; die Äste und Wipfel schwankten beängstigend hin und her. Dies machte den Aufstieg noch unheimlicher, zumal sie durch das Rauschen und Knistern der Bäume nichts anderes hören konnte. So drehte sie sich fortwährend um, ihre Rückseite schützend. Je weiter sie ging, desto heftiger schlug ihr Herz gegen ihre Rippen. Wut mischte sich in ihre Angst. Wie hatte es nur so weit kommen können? Was bildete sich der unverschämte Fotograf dieser Bilder eigentlich ein, so in ihre Privatsphäre einzudringen. Seit Wochen drangsalierte er sie nun schon. Durch puren Zufall hatte er von ihrem Verhältnis erfahren. Natürlich hatte er gleich diese verräterischen Fotos gemacht, nachdem er gesehen hatte, wie sie während einer gemeinsamen Dienstreise nicht in ihr gebuchtes Zimmer gegangen war, sondern eine andere Richtung eingeschlagen hatte. Er war ihr gefolgt. Es war ein Kinderspiel mit der Zimmernummer des Zimmers, in dem sie mit offenen Armen empfangen wurde, heraus-zufinden, auf wen dieses Zimmer gebucht war. Ach wären sie doch vorsichtiger gewesen. Aber wer rechnet denn mit so etwas. Anschließend war er auf ihren Balkon geklettert und hatte sie durchs Fenster in eben jener Pose fotografiert, die sie nun von diesem Foto anstarrte.

Dies war jedoch nicht die erste Aufnahme, die sie mit dem Ziel, sie zu erpressen, von sich erhielt. Das erste kam anonym. Dabei hatte sie sofort gewusst, von wem dieses Foto stammte. Es konnte nur von ihm sein. Sonst war niemand dabei auf dieser Dienstreise. Als nächstes verstieg sich ihr Erpresser auf anzügliche Bemerkungen im Büro. Schließlich fand sie ein neues Lichtbild in ihrem Briefkasten. Sie solle sich etwas Nettes anziehen - sie wisse schon, was gemeint sei - und an einem Mitt-woch in „Lucies Restaurant" erscheinen. Sie wusste, es war ein Fehler dieser Forderung nachzukommen. Aber was blieb ihr übrig, wollte sie ihre geheime Liebe nicht verlieren, in dem sie öffentlich gemacht wurde.

Das dritte Foto fand sie in der Hauspost im Büro. Er war so taktvoll gewesen, das Bild in einen an sie adressierten Umschlag zu stecken. Zugeklebt war dieser jedoch nicht.

Als sie das Kuvert öffnete und seinen Inhalt erblickte, lief es ihr heiß und kalt den Rücken hinunter. Schweißperlen bildeten sich auf ihrer Oberlippe. Sie entschuldigte sich bei ihrer Kollegin, mit der sie sich das Büro teilte, und eilte auf die Damentoilette. Hier versicherte sie sich, dass alle anderen Kabinen leer standen, indem sie alle fünf Türen aufstieß. Dann betrat sie die erste, verschloss die Tür und riss das Kuvert in ihrer Wut und Verzweiflung auseinander. Mit tränenverschleiertem Blick nahm sie unscharf die Konturen des Bildes wahr. Sie wusste ohnehin, was darauf zu sehen war. Sie drehte es um, und dort stand erneut eine Botschaft. „Treffen auf dem Bergfried!" ,lautete diese mit Datum und Uhrzeit.

Heute!

Ihren Geliebten konnte und wollte sie in diesen Schlamassel nicht mit hineinziehen.

Deshalb sollte er im Hintergrund bleiben und nur in Erscheinung treten, wenn es unbedingt nötig würde. Viel zu groß war ihre Angst und Sorge, ihn für immer zu verlieren. Also blieb ihr wieder nichts anderes übrig, als diese Forderung zu erfüllen.

Und so machte sie sich nun an den gruseligen und Furcht einflössenden Aufstieg zum Bergfried hinauf.

Dort oben angekommen brachte sie es nicht über sich, in den stockfinsteren Bergfried hineinzugehen. Sie beschloss, eine dunkele Nische zu suchen, um sich dort zu verstecken und erst einmal abzuwarten, was passierte.

Sie überlegte schon seit ein paar Minuten, wieder nach Hause zu gehen, als sie Schritte hörte.

Jemand rief ihren Namen. Zuckersüß!

Sie begann am ganzen Leib zu zittern. Ihre Beine gehorchten ihr nicht mehr.

Wie angewachsen blieb sie in ihrer Nische stehen.

Wieder hörte sie ihren Namen. Dieses Mal wie das Gebrüll eines Löwen kurz vor dem Angriff.

„Komm her!", drohend. „Sonst erzähle ich jedem, der es wissen oder auch nicht wissen will, von deinen Schäferstündchen. Ist es dir das wert? Na komm schon. Komm zu mir."

Lockend. Wie der böse Wolf das Schneewittchen lockte.

„Ich tue dir auch nicht weh! Versprochen! Oder muss ich mich erst mit deiner angeblich dem Tode geweihten Kontrahentin unterhalten, damit du begreifst, wie ernst ich es meine." Er sprach die Sätze melodisch, als wolle er ein Kinderlied singen.

Wie meinte er das?

Angeblich dem Tode geweiht! War sie es denn nicht?

Ihre Gedanken wirbelten durcheinander.

Was meinte er damit?

Um dies herauszufinden, hatte sie keine andere Wahl.

Sie trat aus dem Schatten heraus. Kies gab knirschend unter ihr nach.

Er drehte sich zu ihr um. Mit wild lodernden Augen fixierte er sie.

Sie steckte die Hand in die Tasche nach ihrem Tränengas tastend, um bereit zu sein.

Er schlenderte lässig auf sie zu. „Keine Angst mein Schatz, wir werden viel Spaß miteinander haben, du und ich." Wieder dieser psychopathische Singsang.

Endlich fand sie ihre Stimme wieder.

„Und wie lange soll das dann so gehen? Oder wird das hier eine einmalige Angelegenheit, dann bekomme ich die Fotos, und du lässt mich dann für alle Zeit in Ruhe. Wie hast du das überhaupt gemeint - „angeblich" sterbenskrank?" Je länger sie redete, desto sicherer klang ihre Stimme. In ihrer Manteltasche legt sie den Finger auf den Sprühknopf des Pfeffersprays.

„Schauen wir doch erst einmal, wie viel Spaß wir miteinander haben und dann sehen wir weiter. Ist das ein Angebot?" Er trat zwei Schritte auf sie zu und rollte mit den Augen.

Hatte der Drogen genommen oder was? Fragte sie sich, und eine erneute Panikwelle stieg in ihr auf.

„Das ist ein Scheiß!", kreischte sie.

Sie verlor die Beherrschung!

Mit drei schnellen Schritten war er bei ihr. Drehte sie mit dem Rücken zu sich um. Bog ihr beide Arme hinter den Rücken. Hielt sie mit einer Hand in eisernem Griff, und mit der anderen verschloss er ihr den Mund.

„Beruhige dich! Ganz ruhig!" „Vertrau mir.", säuselte er ganz dicht an ihrem Ohr.

Mit der Nase zog er tief die Luft in ihrem Nacken ein. Ihre Härchen stellten sich auf.

„Oh Gott du riechst so gut." Er stieß ihr seine Nasenspitze in den Nacken.

Wenn Panik sich noch steigern konnte, dann in diesem Augenblick.

Ihr brach der Schweiß aus.

Ihr Herz hämmerte derart gegen ihre Rippen, dass sie meinte, ihr Brustkorb würde sich an der Stelle mit jedem Schlag ausbeulen.

Ohne Vorwarnung leckte er ihr über das rechte Ohr den Hals hinab.

Ekel und Kälte erschauderte ihren Rücken. Wut stellte sich ein.

Mit der Hand, mit der er ihren Mund verschlossen hatte, begann er nun von hinten, ihre Brüste zu bearbeiteten.

Brutal kniff und quetschte er sie.

Sie schrie auf, versuchte, sich loszureißen, doch er hielt sie mit eisernem Griff.

Das Blut war längst aus ihren Händen gewichen, ihre Finger fühlten sich taub und gefühllos an . Könnte sie sich los reißen, wären sie nutzlos. Sie könnte nicht mal den Knopf des Pfeffersprays betätigen.

Panisch durchdachte sie ihre Möglichkeiten.

Sich ruhig zu verhalten und ihrem Peiniger geben, was er verlangte? Wenn sie nur daran dachte, begann sie zu würgen. Ihr Magen begann, sich nach oben zu stülpen und entleerte sich mit einem Schwall. Seine Arme und ihr Oberkörper, ihr Busen wurden besudelt.

Er stieß sie von sich.

Angeekelt verzog er das Gesicht.

„Wie romantisch!", triefend vor Ironie.

Erneut verließ ein Schwall ihren Magen, grün vor Elend im Gesicht.

Romantik, Romantik! Ich bin doch nicht hier wegen der Romantik, sondern weil du mich gezwungen hast.

Erneut krümmte sie sich vorn über. Diesmal kam nur noch Galle.

Abscheu zeichnete sein Gesicht. „Hier ist ja wohl heute nichts mehr zu holen. Aber aufgeschoben ist ja nicht aufgehoben." Er wandte sich zum Gehen, über die Schulter hinweg blinzelte er ihr neckisch zu. „Bis bald!"

Wieder Galle! Sie wischte sich mit dem Handrücken über den Mund. Ihr ganzes Kinn war mit Schleim besudelt.

Sie hob den Blick, war er tatsächlich gegangen.

Er war weg!

Sie war so erleichtert, dass sie die Schritte in ihrem Rücken nicht wahrnahm.

„Hallo!", ertönte eine Stimme.

Es fing an, zu dröhnen in ihren Ohren.

Sie wusste in diesem Augenblick, dass das, was sie in der vergangenen halben Stunde durchgemacht hatte, ein Kinderspiel im Vergleich zu dem war, was nun folgte.

Kapitel 2

Vor zwei Tagen hatte Ellen - mit der Kaffeetasse in der Hand an die Küchentheke gelehnt - die Buchungsbestätigung für ein Hochzeitsarrangement mit mehrgängigem Candle Light Dinner inklusive anschließender Übernachtung mit Frühstück am nächsten Morgen im Hotel „Zur Burg" in Wassenberg studiert. Auftraggeber dieser Buchung war eindeutig ihr Mann Jens gewesen. Gesagt hatte er ihr allerdings nichts hiervon.

Das sollte doch wohl nicht etwa eine Überraschung zu ihrem siebten Hochzeitstag sein? Dass er überhaupt an ihren Hochzeitstag gedacht hatte, wunderte sie sehr.

Beim Durchsuchen seiner E-Mails hatte sie die Buchungsbestätigung gefunden.

Merkwürdig, dass er mit ihr nicht darüber gesprochen hatte.

Oder wollte er sie überraschen.

Sie konnte es ja kaum glauben, so abweisend und gleichzeitig abwesend er in letzter Zeit war. Sie hatte schon ein außereheliches Verhältnis in Verdacht. Aber Beweise hierfür hatte sie bis jetzt keine gefunden. Weder in seinen Hosentaschen, noch in seiner Geldbörse oder in seinem Handy. Die E-Mails waren ihre letzte Hoffnung gewesen. Gefunden hatte sie rein gar nichts, aber was sie glauben sollte, wusste sie nicht.

Oft war er in Gedanken ganz wo anders, wenn sie ihn ansprach.

Sollte sie ihn darauf ansprechen?

Ohne Beweise?

Würde er alles abwiegeln und herunterspielen?

Am schlimmsten fände sie es, wenn er ihr vorwerfen würde, sie bilde sich das alles nur ein.

Ellen entschloss sich, einfach abzuwarten. Sie könnte ihm verheimlichen, dass sie die Buchungsbestätigung gefunden hatte.

Lud er sie nicht ein, wüsste sie, woran sie war.

Aber wollte sie das auf diese Art und Weise erfahren.

Sie machte sich Gedanken um ihren Gemütszustand, sollte er mit einer anderen Frau dieses Essen genießen, während sie allein zu Hause säße.

Bei dem bloßen Gedanken daran fing sie an, innerlich zu kochen.

Dann musste sie ihn in jedem Fall mit ihrem Wissen konfrontieren. Da konnte sie auch gleich den Ausdruck auf der Küchentheke liegen lassen und abwarten, was passierte.

In Gedanken ging sie weiter ihre Möglichkeiten durch.

Den Ausdruck einfach liegen zu lassen, erschien ihr im Moment die einfachste Lösung. Also deponierte sie ihn gut sichtbar auf die Küchentheke und ging zur Arbeit.

Als Ellen am Nachmittag nach Feierabend nach Hause kam, war der Beleg verschwunden und ihr Mann Jens ebenfalls. In ihrer Phantasie malte sie sich aus, wie er bei ihr war und die Situation wild gestikulierend diskutierte.

Was sollte sie tun?

„Ha, da habt ihr jetzt ein Problem was?", murmelte sie grimmig vor sich hin. Sie bemerkte die Wut, die in ihr hochkochte, also ging sie ins Bad und ließ kaltes Wasser über ihre Handgelenke laufen.

Sie musste besonnen und ruhig bleiben.

Sie durfte auf keinen Fall ausflippen.

Da hörte sie das Öffnen der Haustüre.

Das konnte nur Jens sein.

Sie hörte, wie er ihren Namen rief.

„Ja? Was gibt es denn? Ich bin im Bad!"

„Warum bist du so gereizt? Schlechten Tag gehabt?" Er stellte einen konsternierten Gesichtsausdruck zur Schau, als er seinen Kopf durch die Badezimmertür steckte.

„Na du scheinst ja einen ganz besonders guten Tag erwischt zu haben, so wie du strahlst.", schleuderte sie ihm süffisant entgegen. Sie folgte ihm in den Flur.

„Willst du mir jetzt vorwerfen, dass ich gute Laune habe und du nicht? Da kann ich ja wohl nichts für!" Verärgert wandte er sich um und betrat die Küche. „Ich wollte dich eigentlich überraschen, aber erstens hast du mir die Überraschung vermasselt, in dem du meine E-Mails durchstöbert hast. Was hast du eigentlich dort gesucht?" Misstrauisch sah er sie an.

„Und zweitens?", wich sie ihm aus.

Vielleicht konnte sie die Antwort auf diese Frage schuldig bleiben.

„Und zweitens weiß ich gar nicht, ob du eine Überraschung im Augenblick überhaupt verträgst, so schlecht, wie du in letzter Zeit drauf bist."

Das saß!

Sie wandte ihr Gesicht von ihm ab, damit er ihren verletzten Gesichtsausdruck nicht sehen konnte.

Mühsam versuchte sie, ihre Fassung wieder zu gewinnen. Jetzt bloß nicht heulen.

Er sah sie an.

Hatte er sie am Haken?

Ihr Misstrauen blieb.

Vielleicht ist so ein Wochenende ja gar nicht so schlecht, überlegte sie. Vielleicht brachte es sie einander wieder näher. Sie konnten bei einem leckeren Glas Rotwein miteinander reden.

Richtig miteinander reden!

Und wenn sie geredet hatten, konnten sie auch andere schöne, sehr entspannende Dinge tun.

Bei dem Gedanken daran wurde ihr warm. Sie setzte ein Lächeln auf und wischte sich mit dem Zeigefinger eine Träne, die sich aus ihrem linken Auge gestohlen hatte, fort.

„Entschuldige bitte meine schlechte Laune in letzter Zeit, aber der Stress auf der Arbeit macht mich einfach fertig. Es tut mir leid, dass ich deine Überraschung verdorben habe, das wollte ich nicht." „Was wolltest du denn nun in meinen Mails?" Jens beharrte auf einer Antwort.

Blitzschnell ging sie im Kopf mögliche Antworten durch und entschied sich für diejenige, die sich für sie augenblicklich am plausibelsten anhörte.

„Meine Kollegin Ira beabsichtigte, mir auf deinen E-Mail Account eine Rechnung zu schicken. Die wollte ich ausdrucken. Es war keine Absicht, dass ich auf deine Buchung gestoßen bin."

Sie legte eine falsche Fröhlichkeit an den Tag.

Er sah sie scharf an. „Tu das nie wieder!", sagte er todernst mit Eis in der Stimme.

Plötzlich war er wie ausgewechselt!

Zorn loderte ihr aus seinen Augen entgegen.

Kennte sie ihn nicht besser, sie würde Angst vor ihm bekommen.

„Ist ja schon gut." „Wie gesagt, es war keine Absicht.", beschwichtigte sie, und die Hoffnung zu mehr Nähe schwand so schnell, wie sie sich eingestellt hatte.

Trotzdem wollte sie an diesem Wochenende ihre Chance nutzen.

Zwei Wochen später war es so weit.

Er lud ihren Trolley in den Kofferraum seines Wagens, während sie das Auto bestieg.

Gleich würde es los gehen.

Es wurde auch allerhöchste Zeit.

Die Stimmung war derart gereizt und angespannt. Bei der kleinsten Kleinigkeit bekam er einen Tobsuchtsanfall nach dem nächsten.

Er begann, auf Sachen einzuschlagen.

An einem Tag hatte er mit der Faust den Badezimmerspiegel zerschlagen. Das war eine sehr blutige Angelegenheit gewesen.

Ihr Bruder Marko hatte sie bekniet, nicht mit ihm zu fahren, sondern stattdessen entweder heimlich, still und leise aus dem gemeinsamen Haus auszuziehen oder aber die Schlösser austauschen zu lassen.

Marko war der Meinung, es dauere nicht mehr lange, und er würde Hand an sie legen. Als sie ihm das mit dem Badezimmerspiegel erzählt hatte, war Marko außer sich gewesen.

Aber sie konnte sich zu keinem von beidem durchringen.

Es ging einfach nicht.

Sie redete sich ein, sie brauche nur etwas Zeit mit Jens, dann ginge es schon wieder besser.

Also saß sie nun hier neben ihm und fuhr mit ihm die Zufahrtsstraße zum Hotel „Zur Burg" hinauf. Zu Füßen des Bergfrieds befand sich ein Parkplatz; dort stellten sie den Wagen ab und rollten ihren Trolley zur Rezeption.

Nachdem Jens seinen Personalausweis vorgelegt und der Rezeptionist alle wichtigen Daten aufgenommen hatte, händigte er ihnen den Zimmerschlüssel aus.

Mittlerweile war es schon sieben Uhr am Abend, so dass ihnen noch ein klein wenig Zeit blieb, ihr Zimmer zu beziehen, sich frisch zu machen und umzuziehen. Dann begaben sie sich in den Speiseraum des Hotels zu ihrem Candelight Dinner.

Im Speiseraum angekommen begleitete ein Kellner sie an ihren reservierten Platz, in einer ruhigen gemütlichen Nische direkt am Fenster.

Zur Eröffnung servierte er ihnen ein Glas Champagner. Sie stießen mit klirrenden Gläsern miteinander an und beglückwünschten sich gegenseitig zu ihrem siebten Hochzeitstag.

Sie nippte an ihrem Glas und genoss den Ausblick hinab auf den Stadtkern von Wassenberg. Geredet hatten sie bisher wenig bis gar nicht miteinander.

Hatte sie gehofft, ihrem Mann wieder etwas näher zu kommen an diesem Abend, so zerschlug sich diese Hoffnung mit jedem nicht gewechselten Wort ein bisschen mehr.

„Es ist schön, dass wir mal wieder Zeit miteinander verbringen, findest du nicht auch?", bemühte Ellen sich, ein Gespräch in Gang zusetzen.

Wenn das so mühsam ist, mit dem eigenen Ehemann ein Gespräch zu führen, hat es dann noch Sinn?, fragte sie sich insgeheim. Wenn so wenig zurückkommt? Traurig nippte sie an ihrem Champagner.

„Ja Schatz, das finde ich auch!", antwortete er ihr abwesend.

Schatz?! So hatte er sie schon ewig nicht mehr genannt.

„Der Stress in der Firma belastet mich sehr. Die Umsätze sind weiter gesunken. Möglicherweise müssen wir Mitarbeiter entlassen." Entschuldigend hob er die linke Schulter.

„Das ist ja schrecklich. Das wusste ich nicht. Warum redest du nicht mit mir darüber. Dazu bin ich da. Damit du deine Sorgen mit mir teilst." Eindringlich sah sie ihn an.

„Aber nicht jetzt! Wir wollen uns doch nicht den schönen Abend verderben. Komm, lass uns über etwas anderes reden. Erzähl mir lieber, wie dein Tag war!" Schon wieder wich er ihr aus.

„Ich war beim Friseur heute Morgen.", kokett schob sie ihre Hände unter ihr Haar, hob es leicht an und ließ es nach hinten fallen.

Vorsicht Zaunpfahl!

„Das ist mir gleich aufgefallen!" „Das sieht wirklich ausgesprochen gut aus.", log er, denn nichts davon hatte er bemerkt.

„Schleimer! Das ist dir bis gerade gar nicht aufgefallen." „Du hast mich kaum angesehen.", empörte sie sich.

Vorsicht Fallgrube!

„Du hast recht. Entschuldige bitte mein angespanntes Verhalten in letzter Zeit. Aber ich finde trotzdem, dass es dir ungeheuer gut steht." Versöhnlich lächelte er sie an.

Augenscheinlich wollte er die Klippe umschiffen, nun gut, sollte er.

„Dann hab ich den Hund ausgeführt, habe die Küche aufgeräumt und unseren Trolley gepackt. Wirklich nichts aufregendes."

Sie wurden vom Ober unterbrochen, der ihnen die erste Vorspeise brachte. „Guten Appetit!", wünschte er ihnen und ging davon.

Jens wähnte sich unbeobachtet und spinxte auf sein Handy, das neben seinem Teller auf dem Tisch lag.

Ellen hatte mehrfach mehr als auffällig auf sein Handy gestiert, aber der Wink mit dem Zaunpfahl - das schon nicht mal mehr nur ein Pfahl gewesen war - hatte Jens entweder nicht verstanden oder schlichtweg ignoriert.

Ja, ja, so viel zum romantischen Candle Light Dinner zum Hochzeitstag dachte Ellen verärgert.

Sie begann zu essen und schaute sich währenddessen schweigend im Speisesaal um.

Mehrere Pärchen saßen an den Tischen verteilt und unterhielten sich angeregt miteinander.

Dies war bei Jens und ihr leider nicht der Fall. Unangenehm breitete sich das Schweigen zwischen ihnen aus. Sie hätten auch zwei Fremde sein können, die man zufällig zusammen an einen Tisch platziert hatte, weil kein anderer Tisch mehr frei gewesen war.

Aus dem Augenwinkel bekam sie erneut mit, wie ihr Mann verstohlen auf sein Handy sah.

„Erwartest du noch einen wichtigen Anruf oder eine noch wichtigere WhatsApp von wem auch immer?", fragte sie ihn spitz.

Sie konnte sich kaum beherrschen, am liebsten hätte sie vor lauter Wut und Schmerz angefangen zu weinen.

Das konnte doch nicht wahr sein. Warum hatte er sie überhaupt hierher eingeladen, wenn er nur mit anderen Dingen beschäftigt war?

„Äh, was hast du gesagt?", lächelnd blickte er sie an.

Er hatte ihr noch nicht einmal zugehört.

Ihre Tränen kaum noch zurückhaltend knallte sie ihre Serviette von ihrem Schoss auf den Tisch und stand auf.

„Jetzt kannst du dich in aller Ruhe um dein Handy kümmern.", flüsterte sie mit erstickter Stimmer und stürmte ohne Jacke aus dem Speisesaal und aus dem Hotel hinaus.

Draußen war es stockdunkel und es regnete in Strömen, aber Ellen registrierte dies alles nicht. Tief verletzt rannte sie den Fußweg zum Bergfried hinauf. Sie wollte nur noch alleine sein und ihrer Trauer und Wut freien Lauf lassen. Sie hastete die letzten Stufen hinauf und wandte sich dann nach links.

Tränenverschleiert erblickte sie schemenhaft eine Gestalt, sitzend? Bei dem Wetter?

Konnte man noch nicht einmal um diese Uhrzeit hier oben alleine sein!?

Sie wandte sich wieder ab, nahm die Richtung auf die andere Seite des Bergfrieds.

Sie wollte doch wirklich nur alleine sein!

Durch ihre Hatz bergauf war ihre Wut schon wieder weitestgehend verraucht, durch den Regen geradezu abgekühlt. Sie versuchte sogar, zu entschuldigen, dass er sie auch an einem solch bedeutsamen Abend so sträflich vernachlässigte; schob es auf den Stress in der Firma. Mehrfach hatte er ihr versichert, dass keine andere Frau hinter seinem merkwürdigen Verhalten steckte, also gab es auch keine. Basta!

Als sich ihr Gefühlsausbruch nur noch zu einem winzigen Schmollen gelegt hatte, schlug sie den Weg zurück zum Hotel ein.

An der Treppe bergab, konnte sie einen erneuten Blick auf die gegenüberliegende Seite werfen. Dort im Dunkel saß diese Gestalt immer noch.

Warum sollte sich jemand um diese Uhrzeit bei diesem Wetter an solch einen Ort auf den bloßen Boden setzen? Schoss es ihr durch den Kopf. Vielleicht brauchte sie Hilfe.

Warum war sie da nicht eher drauf gekommen?

Oh Gott, sie hätte vielleicht helfen können und war nur mit sich selbst beschäftigt gewesen.

Egoistin!!

Sie machte ein paar Schritte auf die sitzende Gestalt zu.

Da kam Jens auch schon die Treppe hinauf gestürmt.

„Bist du noch ganz gescheit!?!" „Du kannst doch nicht bei dem Wetter einfach so abhauen, noch dazu ohne Jacke!", eiferte er sich.

Er ging mit wenigen Schritten auf sie zu und verstummte.

Er bemerkte, dass die Verzweiflung in ihrem Gesicht verschwunden war. Stattdessen hatte sich Erstaunen darauf ausgebreitet. Frauen!! Wer sollte die jemals verstehen.

„Hast du dich etwas beruhigt?", erkundigte er sich leicht verärgert. Ein schlechtes Gewissen hatte er keins. Damit gab er sich nicht ab.

Ellen starrte weiterhin wie gebannt auf eine Stelle irgendwo im Regen hinter dem Bergfried.

Mittlerweile waren beide bis auf die Haut nass geregnet. Ellen klapperten die Zähne vor Kälte. Sie spürte sie nicht. Jedoch nahm sie den Knoten in ihrem Magen wahr, der sich dort festgezurrt hatte. Irgendetwas stimmte hier ganz und gar nicht.

Sie wies mit dem Zeigefinger auf die Gestalt.

Nachdem seine Augen sich an die Dunkelheit gewöhnt hatten, konnte auch Jens deren Konturen erahnen. Konnte das stimmen, was er da sah?

Er begann, darauf zuzugehen, mit Ellen im Schlepptau.

Beim Näherkommen brach sich das Grauen, das sich in ihrer beider Unterbewusstsein eingeschlichen hatte, Bann.

Mit weit aufgerissenen Augen fing Ellen an zu schreien.

Blut!

Überall war Blut.

Wunden klafften in der Brust, der mit nach hinten gebogenen Armen da sitzenden Gestalt, bei der es sich offensichtlich um eine Frau handelte.

Ellen konnte den Blick nicht von der Frau und dem Blut reißen.

Ihr Mann versuchte, sie wegzuschieben, was ihm nur mit sehr viel Mühe gelang.

Jens musste sich zusammenreißen, um den Mageninhalt, der durch die Speiseröhre hinausdrängte, wieder hinunterzuwürgen.

Der Anblick ließ ihn nicht los. Er hatte Mühe, sich abzuwenden, um seine Frau bergab zurück zum Hotel zu bugsieren.

Die riesigen aufgerissenen Augen, die Rinnsale Blut aus beiden Nasenlöchern und den Ohren würde er sein Lebtag nicht vergessen. Die kreidebleiche Haut. Entsetzlich.

Ellen riss erneut den Mund auf und schrie wie ein verletztes Tier. Sie schrie und schrie und konnte sich nicht beruhigen.

Jens schloss beide Arme um sie und schleppte sie in richtung Rezeption.

Sie mussten die Polizei rufen. Auf der Stelle.

Kapitel 3

Der Anruf erreichte Fiona Kirchner, ihres Zeichens Kriminalkommissarin im Wassenberger Polizeirevier, als sie es sich gerade am Frühstückstisch mit den Todesanzeigen der „Super Sonntag", dem hiesigen Lokalblatt, gemütlich gemacht hatte.

Eine Leiche am Bergfried hatte der Streifenpolizist auf der Wache gemeldet. So etwas hatte es bisher in diesem kleinen beschaulichen Städtchen noch nicht gegeben. Es war ein Wunder, dass ihre Polizeiwache überhaupt täglich besetzt war - und dann so etwas. Du lieber Himmel. Außerdem informierte sie ihr Kollege am anderen Ende der Leitung, dass man „hart im Nehmen sein müsse" bei der Tatortbesichtigung. Was auch immer er damit gemeint haben könnte. Bilder von „bis zur Unkenntlichkeit verunstalteten Leichen" schossen ihr durch den Kopf.

Ich lese eindeutig zu viele Krimis, dachte sie bei sich.

So schlimm wird es schon nicht werden. Das ein oder andere habe ich nun auch schon gesehen, und man wusste ja schließlich, was in der Welt los war, munterte Fiona sich selber auf.

Dennoch hatten sie es hier ganz gemütlich angetroffen in Wassenberg.

Durch die Nähe zur holländischen Grenze hatte man es hier mehr mit Drogendelikten und Überfällen auf die in den umliegenden Örtchen und Dörfern verteilten Bank-filialen zu tun als mit Mord und Totschlag.

Da hinterließ ein solcher Anruf ein unangenehmes Gefühl in der Magengrube.

Ihre Tochter Carolin lag noch immer wie fast jedes Wochenende im Bett und schlief lange und ausgiebig.

Alles, was sich diesseits der Elf-Uhr-Marke befand, war unmenschlich früh und grenzte an Folter, verlangte man von ihr, zu dieser nachtschlafender Zeit aufzustehen.

Da sie aber sowohl in der Schule als auch zu Hause ausgezeichnet mitarbeitete, verlangte Fiona es geradezu nie von ihr.

Sogar ihr schwarzer Labradorrüde Filou war geradewegs von seinem Schlafplatz neben ihrem Bett in sein Körbchen im Wohnzimmer ein Stockwerk tiefer zu gesteuert, streckte dort alle viere genüsslich von sich und gähnte sie herzhaft an.

„Tja, Hund müsste man sein.", murmelte sie vor sich hin.

Schweren Herzens tauschte sie ihren Jogginganzug gegen Jeans und Wollpuli.

Mit dem morgendlichen Kaffee in aller Ruhe würde es wohl offensichtlich nichts mehr werden.

Fiona zog sich ihre Jacke über und machte sich auf den Weg zum Bergfried.

Als sie ihren alten königsblauen Peugeot 205 durch den Kreisverkehr auf die Bergfriedszufahrtsstraße lenkte, fing es schon wieder an, zu regnen.

„Scheiß Wetter!", schimpfte sie.

Na prima! Ihre Gummistiefel hatte sie nach dem letzten Hundespaziergang vergessen, in den Kofferraum ihres

Wagens zurückzustellen. Das würde sie bei diesem Wetter bitter bereuen.

Fiona stellte ihr Auto auf dem Parkplatz am Hotel „Zur Burg" ab und machte sich, Pfützen ausweichend, an den Aufstieg zum Bergfried.

Sie dachte gerade darüber nach, dass sie bei diesem Matsch und Modder wohl nicht auf irgendwelche gut erhaltenen Fußabdrücke hoffen konnten, als ihr neuer Kollege und Partner Hanno Richter von oben rief: „Ah, da ist ja meine Lieblingskollegin. Ich hoffe, du hast ausgezeichnet geschlafen und ergiebig gefrühstückt, bevor du dir dies hier anschaust."

„Ich glaube mir ist Grad nicht nach Frotzeln, Hanno. Noch keinen Kaffee gehabt und dann schon das hier." Sie tat entrüstet.

„Oh! Oh! Das Gebiet ist vermint!" „Nur kein falsches Wort an die Kollegin.", spottete Hanno.

Fiona verdrehte die Augen: „Sehr witzig. Und frag mich jetzt bloß nicht, ob ich meine Tage habe, dann mach ich dich hier an Ort und Stelle einen Kopf kürzer, was wohl nicht im Sinne des Pathologen sein dürfte." Sie verzog das Gesicht zu einer Grimasse und schielte in seine Richtung.

Oben angekommen reichte sie zunächst jedem der Anwesenden die Hand zur Begrüßung.

Bei denen, die sie nicht kannte, stellte sie sich vor.

Heftiges Herzklopfen stellte sich ein, als sie sich nun der Leiche zuwandte.

Jetzt war sie doch aufgeregt.

Jemand reichte ihr Latexhandschuhe, die sie überzog, während sie die letzten fünf Meter zum Leichenfundort zurücklegte. Fünf Meter, auf denen sie versuchte, ihr seelisches Schutzschild aufzurichten so gut es ging, darauf hoffend, dass der Anblick des toten Körpers sie nicht allzu sehr traf.

Jedoch war diese Hoffnung vergeblich gewesen.

Beim Anblick der Leiche konnte sie nichts als Wut und Trauer empfinden, dabei sollte sie professionelle Distanz wahren.

Um seelisches Gleichgewicht ringend drehte sie sich zu den anderen herum, die da standen und sie beobachteten.

„Statt mich hier so anzustarren, solltet ihr mir lieber schleunigst einige Fragen beantworten! Wann und von wem wurde sie gefunden? Wie lange ist sie ungefähr tot? Wie kam sie zu Tode? Durch die Hand von einer oder mehrerer Personen? Gibt es Hinweise auf eine Tatwaffe, wenn denn eine zum Einsatz gekommen war?"

Wie Pistolenschüsse peitschten ihre Fragen den anderen um die Ohren.

Hanno sah sie entgeistert an.

„Bist du heute mit dem falschen Fuß aufgestanden oder was ist los? Du weißt, mit mir kannst du über alles reden." Hanno grinste verschmitzt.

„Ich komm drauf zurück, sollte es nötig werden.", blaffte sie ihn an.

Dann lächelte sie ihn entschuldigend an.

Natürlich wusste er, dass sie sich vor einem halben Jahr von ihrem Mann getrennt hatte, nachdem er sich mehrfach mit anderen Frauen in amouröse Abenteuer gestürzt hatte.

Als sie ihm auf die Schliche gekommen war, hatte sie ihn sofort vor die Tür gesetzt und alle Schlösser im Haus austauschen lassen. Über ihren Anwalt hatte sie ihm mitteilen lassen, dass sie ihn erst wieder bei ihrem gemeinsamen Scheidungstermin vor Gericht wiedersehen wolle.

Ihm, Hanno, kam das nur zu Pass. Ungefähr zu diesem Zeitpunkt hatte er sie kennengelernt und er hatte sofort gewusst, dass sie die Frau seines Lebens war.

Bis jetzt hatte er sie, unerreichbar für ihn wie sie war, nur aus der Ferne bewundert. Aber nun hatte er eine reelle Chance, dass sich etwas zwischen ihnen entwickeln könnte.

Das Problem war leider, dass sie im Moment niemanden an sich heranließ, nach diesem Vertrauensbruch durch ihren Mann. Wer wusste schon, was sich zwischen Fiona und ihrem Ex abgespielt hatte. Vielleicht hatte er aber auch nur noch nicht die richtige Taktik gefunden.

So lange spielte er auf Zeit. Das war immer gut, wie er glaubte.

Der Pathologe, Patrick Weidenhaupt, der ihnen bei ihrer Unterhaltung sehr interessiert gelauscht hatte und ständig von einem zum anderen geglotzt hatte, räusperte sich.

„Können wir jetzt mal wieder zum wesentlichen kommen, wenn ihr eure private Konferenz beendet habt?", schnaubte er.

Fiona und Hanno starrten nun ihrerseits beide den Pathologen an.

„Na dann leg mal los," forderte Hanno ihn mit gerunzelter Stirn auf.

„Bei der Toten handelt es sich um eine Frau.", leitete Patrick seinen Bericht ein.

„Da waren wir auch schon drauf gekommen." Jürgen Ott, der Streifenpolizist, der sie informiert hatte, wollte mal wieder lustig sein.

„Wie witzig!" Der Pathologe verzog das Gesicht und sah Jürgen aus zu Schlitzen verengten Augen an.

„Entschuldigung!", murmelte dieser beschwichtigend.

„Es handelt sich bei dieser Leiche …", setzte der Pathologe erneut an, „also um eine dreißig bis vierzig Jahre alte Frau. Gestorben ist sie durch Strangulation. Die zahlreichen Stichwunden und Schnitte am Rumpf und vor allem im Gesicht wurden ihr mit einem relativ kleinen Messer beigebracht, wie etwa einem Teppichmesser. Sie sind nicht besonders tief und dienten nur dazu, das Opfer zu quälen. Außerdem wurden ihr mehrere Finger gebrochen, indem man mit einem Hammer oder einem Stein die Finger bearbeitet hatte. Gequält wurde sie in jedem Fall zu Lebzeiten. Der Leichenfundort ist auch der Tatort. Alles Weitere könnt ihr dann meinem Bericht entnehmen."

„Den wir wann bekommen?", warf Hanno ein.

„Erst einmal nehmen wir sie jetzt mit nach Aachen in die Gerichtsmedizin, wenn ihr genug gesehen habt. Sind die Kriminaltechniker auch so weit? " Patrick sah zu seinem Kollegen Jochen Schmitz hinüber, der mit irgendetwas, das am Boden lag, intensiv beschäftigt war.

„Wir sind auch so weit. Viel gibt es ohnehin hier nicht zu finden. Es hat die ganze Nacht geregnet." Jochen blickte auf und warf seine Utensilien wieder in seinen Koffer.

„Außer ein paar Zigarettenkippen und Rückstände eines Mageninhaltes, den jemand vor nicht allzu langer Zeit dort drüben hingespuckt hat, haben wir nichts weiter. Und bei beidem ist die Relevanz für euren Fall unklar. Auch wir müssen die Untersuchungen abwarten. Wir informieren euch per Mail. Wie immer stehen wir telefonisch jederzeit mit Rat und Tat zur Seite. Bis bald."

Jochen Schmitz verabschiedete sich und verließ den Tatort.

„Ihr habt es gehört", klinkte der Pathologe sich an dieser Stelle wieder ein. „Ich sage nur dito!" Sprachs, packte seinen Koffer am Griff und verschwand. Seine beiden Mitarbeiter legten den Leichnam in einen Leichensack und trugen ihn davon.

„Ist ja göttlich", brach Hanno das Schweigen. „Unser Pathologe ist ja ein Scherzkeks ohnegleichen."

Fiona grübelte weiter vor sich hin und schaute sich um.

„Solange sie uns schnell mit ihrem Bericht bedienen." Erwiderte Jürgen Ott, weil er das Gefühl hatte, darauf aufmerksam machen zu müssen, dass er auch noch da war. Vielleicht kamen sie auf die Idee, ihn nicht mehr zu brauchen. Dann könnte er es sich auf der Wache gemütlich machen.

„Das blutverschmierte Geländer. Fotografiert das bitte. Die arme Frau muss unerträgliche Schmerzen erlitten haben. Sie hat so viel Blut verloren." Fionas Gesicht nahm einen mitfühlenden Ausdruck an.

Sie fühlte eine unendliche Traurigkeit in sich aufsteigen.

„Die Frau, was hat sie durchgemacht. Sie hat mit Sicherheit geschrien wie verrückt. Vielleicht hat jemand dort unten in den Mehrfamilienhäusern etwas mitbekommen."

„Ist das nicht zu weit entfernt", wandte Hanno ein.

„Das kann möglich sein, aber ein Versuch ist es wert. Jürgen, du kannst schon mal mit der Befragung der Bewohner dort unten beginnen. Hanno und ich sprechen zuerst noch mit dem Rezeptionisten und dem Ehepaar, das die Leiche gefunden hat. Wir kommen später dazu, um dir zu helfen."

„O.K. Alles klar. Bis gleich." Jürgen stiefelte wenig begeistert davon. Das hatte er sich anders vorgestellt.

„Na der Gesprächigste ist er ja nicht gerade." Hanno wies mit dem Kinn in Jürgens Richtung.

„Lass den mal." „Er ist zwar nicht gerade der Fleißigste, und am liebsten lässt er arbeiten, aber wenn es drauf ankommt, kann man auf ihn zählen", nahm Fiona ihren langjährigen Kollegen in Schutz.

Kapitel 4

Nach einem letzten Rundblick verließen auch Hanno und Fiona den Bergfried Richtung Hotelrezeption.

Dort angekommen nahmen sie sich zunächst den diensthabenden Hotelrezeptionisten vor.

„Sie haben sicher von unserem Leichenfund gehört. Wir möchten Ihnen dazu einige Fragen stellen." Forschend sah Fiona ihn an, während Hanno die Rezeption inspizierte.

„Ich habe es zwar mitbekommen, aber ich weiß dazu nichts." Der Rezeptionist, der ein Namensschild mit dem wohlklingenden Namen Markus Lindner trug, fuhr fort, Briefe und Papiere in die dafür vorgesehenen Fächer an der Rückwand der Rezeption einzusortieren.

„Sie könnten uns aber sicher ihre Personalien geben und uns sagen, wie ihr Kollege von gestern Abend beziehungsweise letzter Nacht heißt, und wo wir ihn erreichen können", bohrte Hanno ungeduldig weiter und ereiferte sich innerlich ein wenig darüber, dass dieser Markus Lindner ihnen bei seiner Tätigkeit den Rücken zudrehte.

„Meine Personalien können sie gerne bekommen, aber wenn es um die meiner Kollegen geht, bitte ich Sie, sich an den Geschäftsführer zu wenden." „Von mir können Sie die nicht bekommen", entgegnete er wenig freundlich.

„Das machen wir." „Aber erst einmal zu ihren Daten", mischte sich Fiona ein.

„Mein Name ist Markus Lindner. Ich bin 23 Jahre alt und Student." „Ich verdiene mir hier an der Rezeption am Wochenende etwas Geld dazu", stellte er sich vor.

Fiona nickte ihm zu: „Vielen Dank Herr Lindner."

„Wären sie jetzt so freundlich, den Geschäftsführer hierherzuholen? Vielen Dank", Hanno lächelte ihn an.

Markus Lindner nahm das Handy vom Empfangstresen und rief den Hotelmanager an.

Dieser erschien nach ein paar Minuten des Wartens. Er stellte sich als Klaus Dieter Bürger vor und seine Hilfe zur Verfügung. Allerdings sollte diese Angelegenheit mit allergrößter Diskretion behandelt werden.

Hanno und Fiona versicherten ihm, dass ihrerseits alle Informationen diskret behandelt würden.

„Könnten wir einen Blick in den Dienstplan des Rezeptionspersonals werfen?" „Und wir brauchen die Adresse desjenigen, der letzte Nacht Dienst hatte," formulierte Fiona ihre Bitte erneut betont freundlich.

„Herr Lindner, besorgen Sie den Herrschaften die gewünschten Informationen!", wies er den Rezeptionisten an.

„Womit kann ich ihnen sonst noch dienen?", biederte der Geschäftsführer sich kriecherisch an, als könne er so Probleme mit der Polizei für alle Zeiten vermeiden.

„Das Paar, das die Leiche entdeckt hat, hat hier bei ihnen die Nacht verbracht, und sie haben in ihrem Speisesaal diniert. Wir brauchen noch die persönlichen Daten des Personals, welches mit ihnen zu tun hatte. Sie wissen schon, Kellner und so weiter." Hanno lächelte Herrn Bürger freundlich an. „Selbstverständlich! Herr Lindner nehmen sie sich bitte auch dieses Anliegens an." Markus Lindner verschwand im angrenzenden Büro und kehrte mit den gewünschten Daten und Dienstplänen zurück.

Herr Bürger wurde verabschiedet, nicht ohne noch einmal darauf hinzuweisen auf Diskretion zu achten.

Jens und Ellen Rose hatten stumm und bleichgesichtig im Speisesaal auf die Polizei gewartet.

Ellen Rose wirkte mit ihren rotgeränderten Augen und ihren weißen, zitternden Lippen wie am Rande eines Nervenzusammenbruchs; Jens Rose dagegen war wesentlich gefasster als seine Frau. Möglicherweise musste er die Fassung wahren, um seine Frau zu stützen, dachte Fiona, aber nur keine voreiligen Schlüsse ziehen. Unvoreingenommenheit war das A und O. Außerdem entpuppte sich nicht jeder Mann als Arschloch.

Sie nippte an einem Glas Wasser, er hatte ein leeres Glas vor sich stehen.

Jede Wette hat der was Hochprozentiges intus, mutmaßte Hanno.

Hanno begrüßte das Ehepaar Rose und stellte Fiona und sich vor.

„Wir hätten einige Fragen an sie bezüglich des Leichenfunds. Aber zunächst möchten wir sie bitten, uns zu erzählen, was genau passiert ist heute Abend und, warum sie so spät den Bergfried bestiegen haben?" Vor allen Dingen bei dem Wetter, dachte Fiona bei sich, das war bestimmt keine Besichtigungstour.

Ellen Rose brach sogleich in Tränen aus, unfähig, Antworten auf die gestellten Fragen zu liefern.

Also ergriff Jens das Wort: „Wir hatten Streit, meine Frau und ich." „Daraufhin verließ Ellen wie von der Tarantel gestochen den Speisesaal. Ich folgte ihr einige Zeit später. Der diensthabende Rezeptionist verriet mir, wohin meine Frau geflüchtet war. Ich folgte ihr. Offensichtlich war meine Frau schon wieder auf dem Rückweg, jedenfalls trafen wir uns auf dem letzten Treppenabsatz. Dort saß diese Gestalt. Ellen glaubte, sie brauche Hilfe. Als wir aber näher kamen, konnten wir sehen, dass jede Hilfe zu spät kam."

Bei seinen letzten Worten bemerkte Hanno, dass sich ein feines Zucken unter Jens rechtem Auge festgesetzt hatte. Schweiß bildetet sich zudem auf seiner Oberlippe.

„Worum ging es bei ihrem Streit?" Hanno versuchte, Mitgefühl auszudrücken, ganz egal, was er gleich zu hören bekommen sollte.

„Meine Frau ist der Meinung, ich habe eine Affäre mit meinem Handy", versuchte Jens Rose die ganze Angelegenheit ins Lächerliche zu ziehen.

Jetzt hatte Hanno allerdings ein riesiges Fragezeichen im Gesicht und die Falte, die sich auf seiner Nasenwurzel gebildet hatte, verriet seinen Ärger, „Wie bitte?".

„Ich erkläre es dir später", mischte sich Fiona ein. Sie befürchtete, dass dies jetzt zu lange dauerte, bis Hanno gecheckt hatte, worum es ging.

Der Frauenversteher, der im Stehen pinkelte.

Ha Ha!!

„Aha," die Verärgerung hatte den Weg in seine Stimme gefunden.

„Was geschah dann?" Hanno bemühte sich, seine Stimme freundlicher klingen zu lassen.

Fiona verdrehte hinter seinem Rücken die Augen. Männer!

„Wir haben dann ganz schnell gemacht, um zurück zur Rezeption zu kommen, und haben die Polizei gerufen. Das war´s. Meine Frau hat nur geschrien und geheult. Sie sehen ja, wie sie aussieht." Mit einem Kopfnicken wies Jens Rose auf seine Frau, die krampfhaft versuchte, einen Schluchzer zu unterdrücken.

Doch, Arschloch!, dachte Fiona. Arme Frau, fällte sie ihr Urteil.

„Wir brauchen ihre Adresse, Telefonnummer und so weiter und wenn weitere Fragen auftauchen müssen wir sie nochmals belästigen. Hanno nimm du die Daten auf. Das wäre es dann für heute." Der Blick, mit dem Hanno sie bedachte, war vernichtend, trotzdem fügte er sich.

Na warte, Fiona Kirchner, das zahle ich dir heim mit Zins und Zinseszins.

Fiona wandte sich zum Gehen; sie bemerkte noch nicht einmal Hannos rotes Gesicht. „Wir sehen uns am Auto", rief sie ihm zu.

Sie brauchte frische Luft. Also verließ sie das Hotel durch die Terrassentür des Speisesaales. Dann schritt sie noch einmal den Weg ab, den Ellen und Jens Rose ihrer Schilderung nach am Vorabend genommen hatten.

Als sie zum Auto zurückkam, wartete Hanno schon auf sie.

„Ich dachte, das sollte umgekehrt laufen. Du wartest auf mich?" Er wirkte ein wenig ungehalten.

„Das solltest du lieber mir überlassen." Sie grinste ihn an.

„Was meinst du?" Hanno war verwirrt.

„Na, das Denken." Fiona brach in schallendes Gelächter aus. Sie krümmte sich nach vorn.

Hanno verzog angesäuert das Gesicht.

Fiona bog sich zurück und beim Anblick von Hanno`s Gesicht stieß sie ein lautes Kreischen aus.

„Vielen Dank auch. Es freut mich, dass ich so zur Besserung deiner Laune beitragen konnte."

Hanno stieg beleidigt in das Auto ein. Fiona brauchte einige Augenblicke, um sich zu erholen, dann tat sie es Hanno gleich.

„Dann wollen wir mal sehen, dass wir Jürgen unterstützen können." Fiona schaute Hanno an und gluckste vor sich hin.

Kapitel 5

Ihre Mutter war seit zwei Tagen verschwunden. Sie hatten kein Lebenszeichen von ihr erhalten. Noch nicht einmal einen Anruf.

Die Nudeln hatten sie zusammen mit der Käserinde bereits vertilgt. Blieb nur noch die alte Salamischeibe aus dem Kühlschrank. Sie konnten sich immer noch nicht überwinden, diese zu essen. Ihr Hunger war immens.

Quälender war jedoch die Vorstellung, was würde, sollte ihre Mutter nicht wiederkehren.

Was dann?

Müssten sie hier verhungern?

Würde es jemand mitbekommen?

Oder verdursten?

Dann hörten sie Schritte im Hausflur, sich der Wohnungstür nähern.

Je näher sie kamen, desto deutlicher ließ sich die Stimme ihrer Mutter aus dieser Geräuschkulisse herausfiltern und noch etwas anderes.

Etwas sehr Beunruhigendes. Etwas, das die Freude über die Wiederkehr der Mutter bitter trübte.

Ein tiefer, rauer Bariton.

Oh Gott, oh Gott, oh Gott.

Tat ihre Mutter ihnen das wieder an.

Sie brachte jemanden mit.

Meistens handelte es sich um besoffene Schläger ohne jegliche Form von Empathie.

Wo zog sie nur immer diese Kerle an Land?

Die letzte „Errungenschaft" ihrer Mutter, ein übel riechender Muskelprotz mit faulen braunen Stumpen im Mund, drohte ihnen ständig Prügel an und setzte seine Drohungen ab und zu ohne jegliche Vorwarnung in die

Tat um. Dabei war ihm so manches Werkzeug recht; sozusagen alles, was ihm gerade zur Hand war - Gürtel, Kochlöffel.

Dabei durften sie sich nicht einmal beklagen; es gab sicherlich schlimmere Züchtigungsmittel.

Aber das wussten sie nicht, und für sie war es die Hölle auf Erden.

Sie hörten, wie ihre Mutter mit Begleitung vor ihrer Wohnungstür stehen blieb.

Dann geschah eine ganze Weile gar nichts.

Stille!

Lautes Schlüßelbundgeschepper!

Der Schlüssel wurde ins Schloss gesteckt, gedreht, die Tür geöffnet.

Ihre Mutter stand mit ihrem neuen Lover knutschend in der Tür.

Mit einem Arm hielt er ihre Mutter umfasst, mit dem anderen Arm bändigte er einen riesigen struppigen Schäferhund, der sie zähnefletschend anknurrte.

Kapitel 6

Jürgen Ott arbeitete gerne mit Fiona Kirchner zusammen. Sie behandelte ihn stets korrekt, und dafür respektierte er sie wiederum.

Leider hatte sich ihr alter Partner nach Aachen versetzen lassen, weil es ihm in Wassenberg zu wenig Mord und Totschlag gab. Auch mit ihm hatte er sich sehr gut verstanden.

Stattdessen hatte man ihnen nun diesen Hanno Richter in die Wache gesetzt. Er wusste nicht, was er von ihm halten sollte. Eine gewisse Respektlosigkeit und Arroganz ging von ihm aus. Er, Jürgen, nahm dies allzu deutlich wahr.

Das Beste war, sich erst einmal ruhig und zurückhaltend zu verhalten; der Rest würde sich schon zeigen, dachte Jürgen optimistisch in die Zukunft.

In der Burgstraße 38, oberhalb von zwei nebeneinanderliegenden Mehrfamilienhäusern, hatte er seine Befragung gestartet.

In der vierten Etage klingelte er zunächst an der am Ende des Flurs gelegenen Tür.

Zwei weitere Wohnungstüren sollten auf dieser Etage abgearbeitet werden.

Als ihm eine weißhaarige alte Frau die Tür öffnete, hielt er schon seinen Dienstausweis bereit.

„Guten Tag, Jürgen Ott ist mein Name. Ich arbeite für das Polizeirevier in Wassenberg-Unterstadt. Hier sehen sie meinen Dienstausweis." Er hielt ihn ihr unter die Nase.

Laut Türschild hatte ihm eine Frau Hauschild die Türe geöffnet, die ihm, ohne seinen Gruß zu erwidern, förmlich seinen Dienstausweis aus der Hand riss und ihm die Tür blitzschnell vor der Nase zuknallte.

Jürgen wusste zuerst gar nicht, wie ihm geschah. Er blinzelte zweimal fassungslos, und bevor er erneut klingeln konnte - sein Finger lag bereits auf dem Drücker - öffnete sich die Tür erneut.

„Entschuldigen sie meine Unhöflichkeit, aber Vorsicht ist die Mutter der Porzellankiste, wie meine verstorbene Schwester immer zu sagen pflegte."

Frau Hauschild lächelte ihn freundlich an.

Jürgen stand der Mund offen, unfähig zu erwidern.

„Kommen sie doch herein Herr Ott! Möchten sie etwas trinken? Wasser, oder einen Kaffee vielleicht?"

Allmählich fand er seine Sprache wieder.

"Entschuldigen sie, dass ich hier so hereinplatze. Ich würde nicht stören, wenn es nicht wichtig wäre. Gerne ein Wasser."

Sie führte ihn in ein geräumiges Wohnzimmer, gemütlich eingerichtet.

„Leben sie hier allein, Frau Hauschild? Das ist doch ihr Name?"

„Oh, verzeihen sie, ja natürlich, das ist mein Name!" Sie lief leicht rot an, ob dieses erneuten Fauxpas. „Ich besorge ihnen mal ein Wasser."

Jürgen schaute sich seelenruhig um. Mittellos schien Frau Hauschild nicht zu sein. Mehrer Ölgemälde zierten ihre Wände, und zahlreiche Antiquitäten schien sie auch zu besitzen, urteilte Jürgen, ohne dass er ein Kenner war.

Sie kehrte mit dem Wasser zurück ins Wohnzimmer und stellte es auf einen selbst gehäkelten Glasuntersetzer vor ihm ab.

„Mein Mann ist vor nunmehr einunddreißig Jahren gestorben, und ich bin jetzt in diesem April fünfundachtzig Jahre alt geworden. Seit meinem vierundfünfzigsten Lebensjahr lebe ich nun schon alleine. Da wird man vorsichtig und vielleicht auch ein wenig schrullig." Sie lächelte ihn entschuldigend an.

„Ist schon gut. Ich verstehe sie. Oft genug werden gerade ältere Menschen um ihr Geld gebracht und auch weit Schlimmeres. Aber deswegen bin ich nicht zu ihnen gekommen. Ich habe ein paar Fragen an sie bezüglich einer furchtbaren Angelegenheit." Wie konnte er nur schonend seine Fragen vorbringen, ohne diese nette alte Dame in Panik zu versetzen?

„Auf dem Bergfried wurde gestern Abend eine tote Frau aufgefunden.", versuchte er sie behutsam über das Geschehene aufzuklären.

Leider vergebens, denn in Sekundenschnelle wurde Frau Hauschild weiß im Gesicht.

„Machen sie sich keine Sorgen. Ihnen droht keine Gefahr.", versuchte er zu beschwichtigen. „Ich bin nur hier, um sie zu fragen, ob ihnen von hier aus etwas Verdächtiges dort oben aufgefallen ist, gestern Abend oder am Nachmittag? Denken sie in aller Ruhe nach?"

Frau Hauschild dachte angestrengt nach, zusehends kehrte auch wieder Farbe in ihr Gesicht.

„Nein, mir ist nichts aufgefallen. Ich habe gestern Abend ferngesehen. Ich mache den Fernseher immer sehr laut. Ich bin schwerhörig. Verstehen sie? Tut mir leid, dass ich ihnen nicht weiter helfen kann. Aber lassen sie mir nur ruhig ihr Kärtchen da. So machen sie es doch im Fernsehen." Sie sah ihn erwartungsvoll an.

„Tut mir leid, so etwas gibt es auch nur im Fernsehen. Aber ich schreibe ihnen meine Handynummer und die Festnetznummer vom Kommissariat auf. Dann können sie jederzeit jemanden erreichen, wenn ihnen noch etwas einfallen sollte." Lächelnd verabschiedete er sich von ihr. „Danke, ich finde alleine hinaus."

Er notierte sich Frau Hauschilds Aussage und klingelte an der nächsten Tür. Hier hatte er Pech. Naja, was hatte er erwartet. Es war Montagmorgen. Die meisten Leute gingen sicher um diese Uhrzeit einer Beschäftigung nach.

An fünf weiteren Türen hatte er ebenfalls Pech. Was für ihn bedeutete, dass er eine weitere Runde hier drehen musste, um diese Leute zu befragen.

Er ärgerte sich nun etwas darüber, dass immer er diese Hilfsdienste leisten musste.

Am besten fuhr er noch einmal am späten Nachmittag hierher. Eigentlich hatte er da schon etwas anderes geplant. So ein Mist!

Die Bewohner, die er angetroffen hatte, konnten ihm keine nennenswerten Informationen geben. Sie hatten allesamt nichts Ungewöhnliches bemerkt.

Akribisch hatte Jürgen sich notiert, bei wem er gewesen war und was die Leute wussten, beziehungsweise in dem Fall nicht wussten.

Vielleicht irrte sich Fiona. Vielleicht war doch die Entfernung zum Bergfried zu groß.

Ein Foto der Toten wäre sicherlich auch recht nützlich. Dies würde hoffentlich bald aus der Gerichtsmedizin eintreffen. Sonst mussten sie doch einmal Druck machen.

Jürgen verließ das Mehrfamilienhaus und wandte sich dem unterhalb gelegenen zu, als Fiona und Hanno mit Fionas altersschwachem Peugeot 206 neben ihm anhielten.

Hanno kurbelte das Beifahrerfenster hinunter. „Das sollte Dir die Arbeit erleichtern Jürgen." Hanno reichte ihm ein Lichtbild der Toten.

„Hast Du schon etwas?" Fiona beugte sich über Hanno zu Jürgen. Jürgen erschien diese Haltung etwas zu vertraut Hanno gegenüber. Dieser starrte Fiona ebenfalls verblüfft an.

„Ist was? Ihr guckt mich so komisch an!" Fiona blickte verwundert von einem zum anderen.

„Nein, nein alles in bester Ordnung!", versicherte Hanno allzu schnell.

„Was ist nun? Hast du was, Jürgen?" Fiona wurde ungeduldig. Ihre Haltung änderte sie nicht.

„Nein nichts! Niemand hat etwas gehört oder gesehen.", befriedigte Jürgen Fionas Neugier.

„Na ja, vielleicht bringt ja das Foto etwas. Wir parken im Hof. Dann stoßen wir vor Hausnummer 40 zu Dir."

Fiona und Hanno fuhren davon. Hanno das Fenster hochkurbelnd.

Sie teilten sich auf, jeder mit einem Foto der unbekannten Toten bewaffnet.

Hanno traf an seiner Wohnungstür bei Familie Fuchs niemanden an, wandte sich der nächsten Türe zu und klingelte.

Nach wenigen Sekunden öffnete sich die Wohnungstür, so als habe jemand hinter der Tür gewartet.

Ein älterer Herr Mitte sechzig erschien in der Tür und starrte Hanno unfreundlich an.

„Was wollen Sie?", brummte er.

„Herr...?" Hanno inspizierte das Klingelschild, um sein Gegenüber mit Namen anreden zu können, aber da stand nichts. Dann musste es eben ohne Namen gehen.

„Ich bin von der Kriminalpolizei, mein Name ist Hanno Richter. Ich habe ein paar Fragen an sie. Kann ich einen Augenblick hereinkommen, ich möchte dies ungern auf dem Flur besprechen."

„Nein können sie nicht. Zuerst möchte ich ihren Dienstausweis sehen, dann können sie ihre Fragen stellen."

Der alte Mann machte ein verärgertes Gesicht, offenbar fühlte er sich gestört, bei was auch immer.

Hanno zog seinen Dienstausweis aus der Innentasche seines braunen Cordsackos und reichte ihn seinem Gegenüber.

„Mit wem habe ich es denn bitte zu tun?" Hanno blieb freundlich, obwohl er es mit einem echten Ekelpaket zu tun hatte, so viel hatte er bereits herausgefunden.

„Serian mein Name." Kam es wie beim Militär zurück, und er reichte Hanno den Dienstausweis.

„Herr Serian leben sie alleine hier?" Immer schön freundlich bleiben, betete Hanno sich wie ein Mantra vor.

„Nein mit meiner Frau!", bellte Herr Serian. „Warum wollen sie das alles wissen?", schnauzte er.

„Wir haben eine unbekannte Tote auf dem Bergfried gefunden." Hanno hielt Herrn Serian die Fotografie vor die Nase.

„Kennen sie sie? Oder kennt ihre Frau sie?"

„Moment, da muss ich erst meine Brille holen."

„Dann können Sie auch direkt Ihre Frau mitbringen!", rief Hanno Herrn Serian hinterher. Aber meinen Dienstausweis konntest du ohne Brille lesen, du alter Kotzbrocken, dachte Hanno bei sich.

Nach wenigen Minuten erschien Herr Serian erneut an der Tür mit Frau und Brille.

Hanno reichte Frau Serian die Hand und stellte sich und sein Anliegen vor. Dabei wurde er misstrauisch von Herrn Serian beobachtet.

Erneut reichte Hanno das Bild an das alte Ehepaar.

„Die Frau kenne ich!", rief Frau Serian direkt.

„Das ist die Frau Wirtz aus dem Erdgeschoss!"

Kapitel 7

Nachdem Fiona den Wohnungseigentümer darüber aufgeklärt hatte, dass Hannah Wirtz einem Gewaltverbrechen zum Opfer gefallen war, schloss er ihnen bereitwillig die Wohnungstür auf, damit sie sich umsehen konnten.

Die KTU war bestellt und auf dem Weg hierher.

Fiona, Hanno und Jürgen betraten die Wohnung der Toten.

Alle drei trugen sie Latexhandschuhe.

Die Wohnung bestand aus Küche, Wohn-, Schlaf- und Badezimmer.

Wieder teilten sie sich auf, so dass jeder von ihnen ein anderes Zimmer betrat.

Das Bad behielten sie sich für den Schluss vor.

Laut Frau Serian wohnte Hannah Wirtz noch nicht lange in dieser Wohnung. „Eine Woche vielleicht.", hatte sie gesagt.

Das schien der Wahrheit zu entsprechen, denn überall standen nicht ausgepackte Kartons herum neben Bergen von zerknülltem Zeitungspapier, welches darauf hinwies, dass der ein oder andere Karton eben doch schon ausgeräumt war.

Bei einer Wohnungs- oder Hausdurchsuchung, Fotos an Wänden zu betrachten oder Inhalte von Schubladen zu durchwühlen, war ein Kinderspiel gegenüber dem, was sie hier erwartete. Alle Umzugskartons mussten durchgesehen werden auf wichtige Hinweise. Dies glich einer wahren Sisyphusarbeit.

Hanno hatte das Wohnzimmer übernommen. Er hatte den Laptop sogleich entdeckt, wollte sich den aber bis zum Schluss aufheben.

Die Kopfseite des Wohnzimmers bestand aus decken hohen Fenstern, wobei an der linken Seite eine Balkontüre auf einen schmalen Balkon führte, welcher die gesamte Breite des Wohnzimmers einnahm. An der rechten Längswand befand sich eine Kommode mit mehreren Schubfächern. Die linke Längswand zierte ein deckenhoher Wohnzimmerschrank, der mit Unmengen Büchern gefüllt war. Ein TV-Regal an der der Glasfront gegenüberliegenden Seite komplettierte die Einrichtung.

In der Mitte des Raumes wurde ein winziger Couchtisch aus Holz in einem Halbkreis von einem verschlissenen Sofa umrundet.

Da hatte Hanno viel zu tun, wollte er alle Schränke und Schubladen durchsuchen.

Wenigstens schienen hier alle Umzugskartons ausgepackt zu sein.

Hanno beschloss, sich einen groben Überblick zu verschaffen und den Rest der KTU zu überlassen. Das war schließlich deren Aufgabe.

Er begann mit der Kommode und arbeitete sich Schublade für Schublade vor.

Fiona hatte sich gleichzeitig die Küche vorgenommen.

Zunächst blieb sie im Türrahmen stehen, um einen ersten Eindruck von dem Raum zu gewinnen. Insgesamt maß dieser Raum höchstens vier mal fünf Meter und beherbergte ein unglaubliches Farbenspiel.

Auch hier bestand die ihr gegenüberliegende Wand aus einer Glasfront, welche sich von der Decke bis zum Boden erstreckte.

An die linke Wand drängte sich eine Küchenzeile, die Oberflächen in rotem Lack, bestehend aus drei Hängeschränken, Herd, Kühlschrank und Spüle samt Unterschrank. An der linken Zimmerwand waren zwei orangefarbene Stühle an einen winzigen grünen Tisch gequetscht. Die Wände waren alle in einem zarten Vanilleton gestrichen.

Was Farbe betraf, war diese Hannah Wirtz sehr mutig gewesen.

Erstreckte sich dieser Mut auch auf andere Bereiche ihres Lebens?

Grenzte dieser Mut gar an Waghalsigkeit, und hatte sie ihn mit dem Teuersten bezahlt, das ihr zur Verfügung stand? Ihrem Leben?

Dann lieber weniger waghalsig, dachte Fiona bei sich.

Auf allen erdenklichen Abstellmöglichkeiten standen hier Kartons herum, teilweise leer, aber die meisten noch komplett gefüllt. Auf der Arbeitsplatte der Küchenzeile standen einige nebeneinander, aufeinander. Auf dem kleinen grünen Tisch standen mehrere Kartons aufeinandergestapelt. Auf dem Boden vor der Glasfront mehrere Kartons nebeneinander.

Na, das konnte ja heiter werden.

Das war Arbeit für mehrere Tage. Eigentlich bräuchten sie Hilfe. Hilfe, die sie nicht bekommen würden. Personalengpass, wie immer.

Da war ihr Mörder über alle Berge, bevor sie all diese Kartons durchgesehen hatten.

Sie würde sich von links nach rechts durcharbeiten und sich einen groben Überblick verschaffen. Zu mehr würde die Zeit nicht reichen.

Sie öffnete den obersten Karton, der auf dem kleinen grünen Tisch stand. Dieser enthielt nur Küchenutensilien, Kochbesteck, Essbesteck und zahlreiche Schüsseln.

Fehlanzeige!

Sie stellte diesen beiseite und nahm sich den nächsten vor. Dessen Inhalt kippte sie auf den nun leeren Tisch.

Dabei entglitten ihr immer wieder ihre Gedanken hin zu ihrem geschiedenen Mann.

Die Scheidung wurde vor zwei Monaten rechtskräftig, und bis zum Schluss hatte ihr Mann versucht, sie zurückzugewinnen. Ständig lud er sie ein, nur so auf einen Kaffee oder dergleichen. Aber ihr Entschluss war endgültig gewesen. Dafür war der lange, beschwerliche Prozess, den sie monatelang durchlebt hatte, einfach zu schmerzlich. Schließlich musste sie auch an ihre elfjährige Tochter denken. Dieses ewige Auf und Ab hatte auch ihr sehr zugesetzt. Die ständigen Unschuldsbeteuerungen, wenn er sie mal wieder betrog, sie aber noch keine stichhaltigen Beweise hatte. Dann die ewigen Treueschwüre, wenn sie ihn dann in flagranti erwischt hatte.

„Von jetzt an wird alles anders!", oder „Bis ans Ende unserer Tage!".

Nicht schlecht war auch gewesen „In guten wie in schlechten Tagen!".

Sollte sie das etwa moralisch unter Druck setzen?

Das, was er ihr angetan hatte, bevor er ging, war unverzeihlich gewesen und nun diese Kehrtwende. Wie konnte er nur nach allem, was geschehen war, auch nur in Erwägung ziehen, dass sie ihn zurückwollte.

Unfassbar!

Konnte der arme Kerl etwa nichts für seine Taten?!

Der Arme! Fiona dachte sich in Rage.

Beziehungsweise war von Denken keine Rede mehr.

Sie schimpfte mittlerweile laut vor sich hin.

„Hast du was gefunden?" Hanno steckte den Kopf zur Tür herein.

Na, der kam ihr ja gerade recht.

Noch so ein ....ein Mann.

„Nein alles in Ordnung, nichts gefunden.", brummte sie.

Hanno verschwand wieder im Wohnzimmer.

Sollte sie jemals wieder Gefühle für einen Mann entwickeln, sich zu jemandem hingezogen fühlen oder einsam sein. Dann würde sie einfach nur an ihren Ex denken, und schon sollten alle Gefühle, die entflammt waren, abkühlen.

Das würde in jedem Fall funktionieren.

So etwas würde sie nie wieder mitmachen!

Inzwischen hatte sie alle Schubladen und Küchenschränke geöffnet und alles leer vorgefunden. Einzig der Kühlschrank enthielt eine Tüte Milch, etwas Käse und Brot.

Sie hatte alle Kartons geöffnet, entleert und alles wieder hineingeworfen. Hier gab es nur Dinge, die in eine Küche gehörten, nichts Außergewöhnliches.

Jürgen fand im Schlafzimmer das gleiche Chaos vor wie Fiona in der Küche.

Der Schlafzimmerschrank und die Kommode waren scheinbar noch nicht zusammengebaut.

Ein Karton in der Mitte des Raums war geöffnet, und sein Inhalt war über den dunkelbraunen Laminatboden verteilt. Andere Kartons standen wahllos, größtenteils chaotisch verteilt im Raum.

Ein Bett gab es nicht. Lediglich eine Matratze auf dem Boden hatte dem Opfer als Nachtlager gedient.

Dann legen wir mal los! Jürgen seufzte laut vor sich hin. Hier hörte ihn hoffentlich niemand!

Während er Karton für Karton öffnete, dachte er über ihren Neuzugang Hanno Richter nach.

Er, Jürgen, hatte schon mitbekommen, dass der Gute sich über das normale Maß hinaus für Fiona interessierte.

Da brauchte man keine feinen Antennen. Das merkte ein Blinder mit Krückstock.

Die Frage war: Hatte Fiona das auch schon registriert und ignorierte es ganz einfach; frisch geschieden wie sie war. Oder hatte sie es schlichtweg noch nicht mitbekommen, weil sie zu sehr mit sich beschäftigt war.

Das Beste für ihn war, er hielt sich aus allem heraus.

Trotzdem, sollte sich je zwischen den beiden etwas entwickeln, er wäre nicht begeistert.

Dieser Hanno Richter war ihm mehr als suspekt.

Auch im letzten Karton konnte er nichts relevantes finden. Er schloss die Untersuchung dieses Raumes und seinen Gedankengang ab.

Er verließ frustriert das Schlafzimmer, als Fiona den Kopf aus der Küche steckte.

„Na, hast du was?", wollte sie wissen.

„Nein, rein gar nichts!", entgegnete Jürgen frustriert.

„Mal sehen, ob Hanno was zu bieten hat."

Und dieser hatte!

Er stand wie festgenagelt mitten im Wohnzimmer und starrte auf einige Fotos in seiner Hand, die er offensichtlich aus einem der Kartons, die offen vor ihm standen, geborgen hatte.

„Was hast du?", sprach Jürgen ihn an.

Hanno drehte sich wie in Zeitlupe zu ihnen um.

„Das glaubt ihr nicht!", rief er sichtlich erregt über seinen Fund.

„Dann lass sehen, vielleicht glauben wir es ja dann." Fiona giftete mehr als sie beabsichtigte.

Hanno warf ihr einen verwirrten Blick zu und kam mit den Fotos auf die beiden zu.

„Der gute Jens Rose hat unsere Hannah Wirtz gekannt! Sehr gut gekannt, sogar!"

Er drehte die Fotos um.

Hannah saß rittlings nackt auf Jens. Auch dieser war nackt und hielt Hannah mit einem Arm in der Taille umfasst, mit der anderen Hand streichelte er eine ihrer Brustwarzen. Hannah hatte die Augen geschlossen und den Mund leicht geöffnet.

„Ob seine Frau davon gewusst hat?" „Hatten sie deshalb Streit an dem Abend?", formulierte Fiona die Fragen, die ihr durch den Kopf schossen.

„Was für ein Zufall, dass sie ausgerechnet an dem Abend dort Essen waren.", wunderte Jürgen sich. „Das wäre aber ein großer Zufall!", wandte Hanno ein.

„Aber auch zu auffällig, dort essen zu gehen, wo man jemanden umbringen will.", merkte Fiona an.

„Auch wieder wahr.", bestätigte Hanno. „In jedem Fall hat der Kerl gelogen. Dem müssen wir noch einmal auf den Zahn fühlen."

„Jürgen, würdest du bitte das Bad übernehmen?", bat Fiona ihn. „Ich sehe mich hier im Wohnzimmer noch ein bisschen um."

Jürgen ging ins Bad, wenig überzeugt noch etwas Brauchbares zu finden.

„Den Laptop nehmen wir mit ins Büro.", beschloss Fiona. „Hast du ein Handy gefunden?"

„Nein, bisher noch nicht."

„Komisch, am Tatort hatte man auch keins finden können. Wenn ich mich bedroht fühle und Pfefferspray mitnehme, dann nehme ich doch auch mein Handy mit, oder?" „Damit ich schnell Hilfe holen kann.", murmelte sie vor sich hin.

„Wie bitte? Was hast du gesagt?" „Ich verstehe kein Wort, wenn du so murmelst." Hanno blickte sie entschuldigend an.

„Das war auch nicht für deine Ohren bestimmt." „Ich habe nur laut nachgedacht.", erwiderte Fiona in betont neutralem Ton.

„Fi, wenn du mich an deinen Gedankengängen teilhaben lässt, könnten wir effektiver zusammen arbeiten, meinst du nicht?"

„Möglich Herr Oberlehrer, und nenn mich nicht Fi." Fiona war genervt.

„Ich nenn dich, wie ich will! Ich bin schließlich der Oberlehrer!"

Sein Schmunzeln machte sie noch wütender, so dass sie rot anlief.

„Das rot steht dir übrigens." Sein Grinsen wurde breiter.

Was bildete Mister Charming sich eigentlich ein! Fiona glaubte es nicht!

Oder sollte das die Retourkutsche für ihren Lachkrampf auf seine Kosten sein?

„Wir müssen herausfinden, ob und bei welchem Anbieter sie einen Handyvertrag hatte, und wenn ja, brauchen wir die dazugehörigen Einzelverbindungsnachweise.", teilte Fiona abweisend mit.

„Sag mal ‚Fi! Hast du gegen mich speziell etwas oder gegen Männer im Allgemeinen?" Hanno meinte es ernst, das spiegelte sein Gesichtsausdruck wieder.

Fiona starrte ihn an. Spinnt der!?! Schoss es ihr im ersten unbedachten Moment durch den Kopf, und es stand ihr auf die Stirn geschrieben.

Im Nachgang musste sie sich innerlich eingestehen, dass sie vielleicht hier und da ein wenig unfreundlich war, und Hannos Frage doch einen wahren Kern enthielt.

Das war ihr nicht bewusst gewesen.

Letztendlich hatte er insofern recht, als dass sie zusammenarbeiten mussten, Hand in Hand. Das funktionierte nur mit einer unbelasteten Kommunikation.

Hanno hatte sich nun komplett zu ihr umgedreht und war einige Schritte näher gekommen. Näher als ihr lieb war. Er schaute sie eindringlich an.

„Du musst mir vertrauen, Fiona. Andernfalls werden wir nicht lange zusammenarbeiten. Und ich für meinen Teil kann dir sagen, dass ich lange mit dir arbeiten möchte."

Fiona trat den Rückzug an. Das war ihr eindeutig zu nah und zu viel.

Jetzt hatte Hanno ihr erst einmal Futter zum Nachdenken gegeben. Er war zufrieden mit sich.

Er wusste, dass das Thema Vertrauen bei Fiona im Augenblick ein heißes Eisen war.

Von Kollegen in Aachen hatte er gehört, bevor man ihn nach Wassenberg versetzt hatte, dass mit Fiona Kirchner nicht gut Kirschenessen war, weil ihr Ex sie nach Strich und Faden verladen hatte und das nicht nur einmal. Alle Chancen, die sie ihm gewährt hatte, hatte der Idiot fast mutwillig in den Sand gesetzt.

Schließlich waren Trennung und Scheidung unvermeidlich gewesen.

Das tat ihm wirklich leid für sie. Zumal sie ihm sehr gut gefiel. Er stand auf große, schlanke blonde Frauen. Und diese hier hatte dazu auch noch Köpfchen.

Aber er musste vorsichtig sein. Er wusste, dass sie eine Tochter hat. Diese hatte die ganze Geschichte sicherlich auch nicht unbeschadet überwunden.

Ihm lag sehr viel an dieser Fiona Kirchner, auch wenn er sich das nicht so gerne eingestand. Aber das würde schon, machte er sich selber Mut. Man musste das Eisen solange schmieden, wie es heiß war. Hanno grinste zufrieden vor sich hin.

Fiona hatte sich derweil verwirrt in den Flur zurückgezogen. Nur nicht näher drüber nachdenken. Warum nur brachte Hanno Richter sie ständig auf die Palme.

Sie könnte schreien vor Wut!

Was fiel diesem Kerl eigentlich ein?

So in ihre Gedanken vertieft nahm sie automatisch das Mobiltelefon und checkte die Anrufliste. Wen hatte die Wirtz zuletzt angerufen, und von wem wurde sie angerufen. Fiona zückte ihr Handy und fotografierte beide Listen ab.

Das würde wohl herauszufinden sein, zu wem diese Nummern gehörten.

„Hanno, Fiona das müsst ihr euch ansehen.", vernahmen sie Jürgens aufgeregte Stimme aus dem Bad.

Das Festnetztelefon von Hannah Wirtz hatte sie für einen kurzen Moment abgelenkt, aber jetzt musste sie sich wieder in die Nähe von Hanno begeben, und das wurde ihr schlagartig bewusst. Dieser Typ stresste sie einfach, gestand sie sich ein . Sie wusste zwar nicht warum, aber es war so.

Sie eilte mit verkniffenen Lippen ins Bad.

Hanno traf gleichzeitig mit ihr dort ein.

Jürgen, der von alldem nichts mitbekommen hatte, zumindest hoffte sie dies, hielt ihnen mit triumphierendem Blick einen Schwangerschaftstest entgegen und der war positiv.

Kapitel 8

Fiona zückte ihr Handy und rief in der Gerichtsmedizin an. Sie ließ sich mit Patrick Weidenhaupt verbinden.

Konnte er ihren Fund bestätigen? Nun, sie würden es gleich erfahren.

„Was gibt´s Fiona? Man sagte mir, es sei dringend."

„Kannst du uns schon etwas über die Tote sagen, außer dass sie weiblich ist."

„Ich liebe deinen Sarkasmus! Ganz ehrlich! Ich bade gerne darin. Wie wär´s mit einem Date?"

„Könntest du mal zur Sache kommen? Ich habe dir doch eine ganz einfach zu beantwortende Frage gestellt, oder?"

Fiona verdrehte in Richtung Jürgen die Augen.

Was diesem ein gewisses Grinsen ins Gesicht zauberte.

Hanno schaute von einem zum anderen und fühlte sich ausgeschlossen. Was ging denn hier vor?

„Also zur Sache," schloss Patrick diesen Schlagabtausch.

„Wird auch Zeit" Fiona war genervt.

„Insgesamt hat sie zweiunddreißig Schnitte und zweiundzwanzig Stiche abbekommen. Drei Finger wurden gebrochen. Der Tod trat durch Strangulation ein. Es sind deutliche Würgemale am Hals zu erkennen, die uns verraten, dass der Mörder hinter ihr gestanden haben muss. In den Wundrändern am Hals fanden wir grüne und gelbe Fasern. Die können zu den handelsüblichen Seilen, die es in jedem Baumarkt zu kaufen gibt, am ehesten passen. Ach ja, und sie war schwanger."

„Das ist die Information, auf die wir gewartet haben. Wir fanden in ihrem Bad einen positiven Schwangerschaftstest. Wievielter Monat?"

„Noch ganz frisch, sechste Woche vielleicht. Ganz genaue Angaben kann euch da nur der behandelnde Gynäkologe machen, der weiß, wann sie ihre letzte Periode hatte. Möglicherweise könnt ihr aber auch ihren Mutterpass in ihrer Wohnung ausfindig machen."

„O.K. Vielen Dank für die Info."

Fiona wollte schon auflegen.

„Hey, was ist mit unserem Date?"

„Ich melde mich, O.K.?" Fiona versuchte, diesen aufdringlichen Gerichtsmediziner auf diese Art und Weise loszuwerden. Sie entfernte sich einige Schritte von Hanno und Jürgen, um ungestört mit Patrick verhandeln zu können.

Hanno hampelte unruhig von einem Bein aufs andere.

Was wird das denn jetzt, fragte er sich.

Es brodelte in ihm.

Am liebsten würde er Fiona den Hörer vom Ohr reißen. Aber er hatte das untrügliche Gefühl, dass er sich damit komplett lächerlich machen würde.

Um seine Eifersucht irgendwie in Zaum zu halten, verließ er das Zimmer. Denn Eifersucht nagte an ihm, wie er sich eingestehen musste. Und das wiederum machte ihn unendlich wütend. Wieso konnte diese Kratzbürste ihn so in Rage bringen?

Jürgen beobachtete Hanno genau. Na, dem stand ja das Gefühlschaos ins Gesicht geschrieben. Er zog die Stirn in Falten. Hoffentlich ging das auf Dauer gut.

Fiona hatte verfolgt, wie Hanno aus dem Zimmer gestampft war.

Was war denn in den gefahren?

Nachdem sie aufgelegt hatte, folgte sie ihm in die Küche, um ihn über das Ergebnis des Telefonats aufzuklären.

„Na? Zu Ende geflirtet?", schnaubte Hanno und stellte eine sehr beleidigte Miene zur Schau.

Fiona musterte ihn mit einem verwunderten Blick. „Was ist denn in dich gefahren?"

Er machte zwei riesige Schritte auf sie zu, dann hielt er inne, verschränkte die Arme vor der Brust. Er sah ihr tief in die Augen.

Fiona sah in seinen sich verdunkelnden Augen, dass ein Kampf in ihm tobte.

Allerdings konnte oder wollte sie sich keinen Reim auf sein Gefühlschaos machen.

Zu kompliziert!

„Wenn du mir in beruflicher Hinsicht etwas zu sagen hast, dann tu dir keinen Zwang an. Aus meinem Privatleben kann ich dir nur dringend raten, dich herauszuhalten." Fiona hatte die Hände in die Hüften gestemmt und die Stimme erhoben. Eine leichte Schärfe lag darin. Herausfordernd blickte sie ihm in die Augen.

Am liebsten hätte er sie auf der Stelle in die Arme geschlossen und geküsst.

Je widerspenstiger sie wurde, desto mehr entfachte dies seine Leidenschaft.

Es war zum Verzweifeln!

Wenn das so weiterging, war er bald ein psychisches Wrack.

Erschüttert ob der Heftigkeit seiner Gefühle wich er ihrem Blick aus und murmelte zerknirscht „Ich glaube, das ist jetzt nicht der richtige Zeitpunkt."

Tatsächlich war der Zeitpunkt mehr als schwierig, er wurde einfach so von diesen Gefühlen überrollt.

Er musste sich selbst erst klar werden, was das hier war, was er wollte und was daraus überhaupt werden konnte.

Solange sollten sie einfach nur diesen Fall abschließen und den Mörder finden.

Er setzte sich in Bewegung und ging an ihr vorbei.

Fiona wandte sich um und sprach in seinen Rücken, „Möchtest du nun wissen, was es mit dieser Schwangerschaft auf sich hat oder nicht?"

Mit weißen zusammengepressten Lippen blickte er zurück über seine Schulter und reckte ihr sein Kinn entgegen. „Na, sag schon. Was hatte Patrick, the Brain, zu sagen?" Wobei er „the Brain" tuntig in die Länge zog.

Dafür erntete er von Fiona einen missbilligenden Augenbrauenhochzug.

„Er hat unseren Fund bestätigt. Er konnte allerdings nicht sagen, in der wievielten Woche sie war. Wir müssen herausfinden, zu welchem Gynäkologen sie ging, wenn sie zu einem ging. Patrick meinte, sie könnte ungefähr in der sechsten Woche gewesen sein."

„Und wie geht's jetzt weiter?", wollte er von ihr wissen.

Sein Gesichtsausdruck wechselte von wütend zu zerknirscht.

„Na ja, langweilig wird es mit dir nicht. So schnell wechseln deine Launen.", stellte Fiona trocken fest.

Er streifte sie mit einem Seitenblick, beließ es aber dabei. Er wollte nicht noch mehr Öl ins Feuer gießen.

„Wir nehmen den Laptop mit ins Büro. Wir befragen die Nachbarn mit den Fotos von Jens Rose und Hannah Wirtz. Mal sehen, ob jemandem dazu etwas einfällt. Und wir versuchen, den Gynäkologen oder Hausarzt ausfindig zu machen. Mal sehen, was die KTU in dieser Wohnung findet?"

Eine Stunde später trafen sie sich im Kommissariat, um ihre bisherigen Erkenntnisse zu besprechen. Von den Nachbarn war Jens Rose durchaus wahrgenommen worden, aber niemand kannte ihn oder seine Frau. Es wusste auch niemand, in welchem Verhältnis er oder sie zum Opfer gestanden hatten. Nicht einmal Frau Serian, die zum Opfer das engste Verhältnis hatte, konnte ihnen dazu etwas sagen.

Des Weiteren war noch ein Mann aufgetaucht. Der hatte sich bei den Nachbarn nach dem Opfer erkundigt. Die Beschreibung, die man ihnen von dem Äußeren des

Mannes machte, hätte auf jeden zutreffen können. Mittelgroß, mittlere Statur, mittelbraunes Haar. Da konnten sie nichts mit anfangen. Aber vielleicht eine Spur. Jürgen war zuversichtlich.

„Ich würde sagen, wir machen für heute Feierabend. Ich nehme den Laptop mit nach Hause und schaue heute Abend rein." Fiona klemmte ihn sich unter den Arm.

„Tschüss, ihr beiden. Bis morgen."

„Bis morgen!" Auch Jürgen wandte sich zum Gehen, fing aber den Blick auf, den Hanno Fiona hinterher warf. Er konnte sich ein Grinsen nicht verkneifen. Hatte er doch den Streit in der Wohnung des Opfers zwischen den beiden Wort für Wort mitbekommen.

Kapitel 9

Missmutig hatte er sich an den Kaffeetisch gesetzt und seinen Schäferhund zu sich gerufen, um ihn hinter den Ohren zu kraulen.

Ihre Mutter rannte geschäftig in der Küche herum.

Sie machte auf heile Familie.

Ganz die fürsorgliche Mutter.

Jetzt hatte sie jemanden da, dem sie das weismachen konnte.

Sie schmierte ihnen tatsächlich Frühstücksbrote.

Tagelang hatte sie sie in der Wohnung alleine gelassen und eingesperrt, ohne sich darum zu scheren, ob sie auch nur einen Brotkrumen zu essen hatten.

Nun diese Wandlung! Wie immer, wenn sie einen neuen Lover anschleppte.

Wollte sie ihn so zum Bleiben bewegen?

Oder besaß sie doch so etwas wie ein schlechtes Gewissen?

Tagelang waren er und seine drei Jahre jüngere Schwester nicht in der Schule gewesen, es war nur eine Frage der Zeit, bis die Schulleitung dem Jugendamt ihre Abwesenheit meldete.

Den Mitarbeitern des Jugendamtes, die daraufhin sicherlich bald vor ihrer Tür stehen würden, gaukelten sie dann vor, dass alles in Ordnung sei.

Nur damit er und seine Schwester in diesem Dreckloch bei ihrer Mutter bleiben konnten.

Wen hatten sie denn sonst?

Ihr Vater war auch nicht besser als dieser hundekraulende Psychopath, der in ihrer Küche Kaffee trank.

Sie brauchten ihn sich nur anzusehen, und sie wussten, was er für ein Kaliber war.

Man durfte ihm nicht in die Augen schauen, das könnte für einen unkalkulierbaren Ausraster reichen.

Besser man hatte immer einen Fluchtweg parat.

Warum nur konnte ihre Mutter dies nicht auch erkennen?

Warum beschützte sie ihre Kinder nicht vor solchen Typen, die sie als lästiges Anhängsel ihrer Mutter empfanden und sie schlechter behandelten als ihre Haustiere.

Trotzdem wollten die Geschwister sich sonst niemandem offenbaren.

Was hatten sie dann zu erwarten?

Waisenhaus? Pflegefamilie?

War das besser?

Nein, sie wollten bei ihrer Mutter bleiben.

„Was wollen denn meine beiden Lieblinge auf ihr Brot?" Sie schaute ihre Kinder aus ihrer rotgeränderten, glasigen Augen an.

Die Geschwister trauten sich nicht, zu antworten.

Das kleine Mädchen drängte sich furchtsam an ihren Bruder.

Der Kühlschrank war doch ohnehin leer!

Was sollten sie auch sagen?

Wenn sie das falsche wählten, würde ihre Mutter einen hysterischen Anfall bekommen. Wer weiß, wie dieser kranke Typ darauf reagieren würde?

„Eure Mutter hat euch etwas gefragt?" Der Mann hörte auf, seinen Hund am Kopf zu kraulen und guckte von einem zum anderen.

Dabei verengten sich seine Augen zu Schlitzen.

Drohend stützte er seine Hände auf dem Tisch ab und schob seine Schultern nach vorne, wie zum Angriff bereit.

Der Hund, der die angespannte Stimmung witterte, baute sich neben seinem Herrchen auf und fing an zu knurren, stellte die Nackenhaare auf.

Der Bruder begann zu schwitzen, seine Knie schlotterten vor Furcht.

Seine Schwester wimmerte leise vor sich hin.

Wie nur konnte er seine Schwester vor diesem Monstrum bewahren?

„Sa..Salami?", stotterte der Bruder panisch.

Das Herz des kleinen Mädchens überschlug sich.

Die ranzige Scheibe Salami aus dem Kühlschrank schoss ihr durch den Kopf.

„Käse...?", stammelte sie.

„Käse, Salami? Sonst noch Wünsche?" „Sieht das hier etwa aus wie ein Hotel?", schrie ihre Mutter aus heiterem Himmel.

Der Hund zog die Lefzen hoch und ließ ein tiefes Grollen vernehmen.

Der Typ stand drohend auf.

So schnell sie konnten, drückten sie sich an dem Hund vorbei, rannten durch den Flur in ihr Zimmer, schlossen die Tür ab und verkrochen sich unter dem Bett.

Offensichtlich hatte der Hund ihre Verfolgung in der kleinen Wohnung aufgenommen.

Laut bellend kam er vor ihrem Zimmer schlitternd zum stehen und warf sich zähnefletschend vor die Zimmertür.

Wenige Sekunden später hämmerte eine Faust dagegen. „Hey, Ihr da drinnen. Geht doch! Stresst eure Mutter bloß nicht weiter. Sonst bekommt ihr es mit mir zu tun."

Sie sahen sich in ihrem Versteck an.

Seine Schwester fing lautlos an zu schluchzen.

Die Schritte vor ihrer Zimmertür entfernten sich und ein böses Lachen drang aus seiner Kehle.

Kapitel 10

Es kündigte sich ein herrlicher Herbsttag an. Die Sonne war aufgegangen, und der Morgendunst hatte sich verzogen. Ihre Kinder waren aus der Schule gekommen und hatten ihr Lieblingsgericht Spagetti Bolognese zu Mittag gegessen.

Anschließend beschlossen sie, Kastanien, Bucheckern und was ihnen sonst so im bunten Herbstwald vor die Füße kam, zu sammeln.

Vielleicht war etwas dabei, woraus sich hervorragend Herbstdeko basteln ließ. So wie früher, als sie noch Kind war.

Bewaffnet mit Tüten machten Nicole Caron und ihre drei Kinder sich auf den Weg.

Von dem ruhig gelegenen Neubaugebiet gegenüber vom „Gondelweiher", in dem sie und ihr Mann Hans sich vor rund zehn Jahren ein kleines Häuschen zugelegt hatten, wandten sie sich rechts vorbei am Wassenberger Stadion in Richtung „Lucie's Restaurant".

Gut konnte sie sich an die Zeit erinnern, als „Lucie's Restaurant" noch „Tante Lucie" hieß und an Sonntagnachmittagen ein großzügiges Angebot an Kuchen für Ausflügler bereit hielt. Heute hatte es sich zu einem im Umland weithin bekannten Restaurant gemausert.

Hinter dem Stadion schlugen sie den Weg Richtung Tennisplätze ein. Dahinter wuchsen zahlreiche Kastanienbäume, die jetzt im Herbst ihre stacheligen Früchte abwarfen.

Nicole hing Kindheitserinnerungen nach, während ihre Kinder - sechs, acht und neun Jahre alt - vorwärts stürmten und mit ihren Tüten in den Wald ausschwärmten, um Beute zu machen.

Schrill war der Schrei, der sie aus ihren Gedanken riss.

Gerade war sie noch gedanklich bei den teils abenteuerlichen Spielen aus ihrer Kindheit in dem Bunker, der den Tennisplätzen gegenüberlag. So etwas würde sie ihren Kindern nie erlauben.

Ein erneuter Schrei zerrte sie in die Gegenwart.

Wo waren ihre Kinder?

Nervös suchte sie den Wald mit den Augen ab.

Sie hatte sie aus den Augen verloren!

Panisch blickte sie sich um, drehte sich einmal um die eigene Achse.

Nichts!

Ihr Herz fing an, gegen ihre Rippen zu trommeln.

Hektisch rannte sie los in die Richtung, in welcher sie den Ursprungsort des Schreis vermutete, und suchte den Wald nach ihren Kindern ab. Sie fiel über eine Baumwurzel, versuchte, sich aufzurappeln, fiel erneut, weil ihr Hosensaum sich in einem Ast verfangen hatte.

Tränen rannen ihr über die Wangen.

Entsetzliche Bilder drängten in ihr Bewusstsein.

Von Psychopathen, die ihre Kinder entführten und sich dann tagelang an ihnen vergingen.

Menschenhändler, die sie an Bordelle oder Kinderpornoproduzenten verkauften.

Sie konnte nicht schnell genug bei ihren Kindern sein!

Sie schaffte es nicht!

Unerbittlich zerschnitt erneut ein schriller, hysterischer Schrei die Stille des Waldes.

Unmenschlich!

Der Schrei eines verletzten Tieres.

Mit Gewalt schob sie den Horror beiseite, der sich in ihrem Bewusstsein wie ein Geschwür festgesetzt hatte und ihr jegliche Kraft raubte.

Sie riss an ihrer Hose, befreite ihr Bein. Rappelte sich erneut auf und rannte wieder los.

Ihr linkes Knie blutete und tränkte ihre Hose rot.

Sie rannte tiefer in den Wald hinein, weiter ab vom Weg.

Gott sei Dank!

Dort stand wie angewurzelt ihr sechsjähriger Sohn Tim, die Augen weit aufgerissen.

Sie lief zu ihm, schloss ihn in ihre Arme, schob ihn von sich, um sich zu vergewissern, dass er wohlauf war. Sie beschwor, ihn dort stehen zu lassen, wo er war, und rannte weiter.

Wenige Meter entfernt erblickte sie ihre neunjährige Tochter Marie, die weißen Lippen zusammen gepresst. Sie starrte in den Wald hinein, bemerkte sie nicht.

„Marie!!", schrie Nicole."Marie!!"

Marie reagierte nicht!

Sie stand unter Schock.

Nicole fasste ihre Tochter an den Schultern und drehte sie zu sich um. „Marie!"

Nicole vergewisserte sich erneut, dass ihre Tochter unversehrt war.

„Mama!" Endlich reagierte ihre Tochter. Sie zog sie in ihre Arme.

„Weißt du, wo Lukas ist?", schrie sie ihre Tochter an.

Sie zeigte in die Richtung, aus welcher die Schreie gekommen waren.

„Geh zu deinem Bruder zurück. Ich kümmere mich um Lukas." Sie schob ihre Tochter in die Richtung, aus der sie gekommen war.

Sie hetzte weiter, nachdem ihre Tochter sich in Gang gesetzt hatte.

Hinter die Wingertsmühle hatte ihre Tochter gezeigt.

Von dort ertönte erneut ein gellender Schrei.

Sie sprintete los.

Dort, zwischen den Bäumen stand ihr Sohn Lukas und zitterte unkontrolliert.

Die Tüte hielt er krampfhaft in seiner linken Hand.

Mund und Augen waren weit aufgerissen. Die Wangen tränennass.

Sekunden später war sie bei ihm. Sie riss ihn in ihre Arme, erleichtert, dass ihren Kindern nichts passiert war.

Allmählich beruhigte er sich in ihren Armen. Seine Mutter war da. Alles würde gut.

„Was ist los? Warum schreist du so?" Sie schob ihn auf Armeslänge von sich und hob mit der linken Hand sein Kinn an, so dass er sie ansehen musste.

„Mama," stammelte er. Das unkontrollierte Zittern begann von neuem.

„D..D...Da! D...D..Die Frau!", er zeigte in eine unbestimmte Richtung.

Nicole folgte seinen kleinen Wurstfingern mit den Augen.

Dort saß eine Gestalt an einen Baum gelehnt.

Das Kinn war auf die Brust gesunken, die Kleidung blutdurchtränkt.

Unmöglich zu erkennen, ob Mann oder Frau.

Erneut fing er an zu schluchzen und zu weinen.

Sie zog ihn an sich, damit er nicht weiter diesen grausigen Anblick ertragen musste.

Seine Tränen durchnässten ihre Daunenweste.

„Komm!", flüsterte sie ihm sanft ins Ohr. Sie nahm ihn an der Hand und führte ihn mit schlotternden Knien weg.

Um ihrer Kinder willen musste sie sich zusammenreißen.

Auf dem Weg zurück durch den Wald sammelte sie ihre beiden anderen Kinder ein.

Der Wald, der eben noch gespickt war mit wunderschönen Kindheitserinnerungen, machte ihr nun entsetzliche Angst.

Die Bäume schienen immer näher zu rücken, als wollten sie sie gefangen nehmen und nicht freigeben. Der Weg zurück schien unendlich.

Schließlich wurde nach wenigen Metern der Wald heller, und der Baumwuchs lichtete sich.

Dort erschien der Waldweg.

Endlich!

Hier holte sie ihr Handy aus der Westentasche hervor und rief die Polizei.

Kapitel 11

Am Morgen waren Fiona und Hanno im Kommissariat in Wassenberg Unterstadt zusammengekommen, um ihre bisherigen Ergebnisse zu besprechen.

Jürgen war etwas später dazu gestoßen, denn er hatte den Gynäkologen von Hannah Wirtz ausfindig gemacht. Der konnte allerdings nur das Alter des Fötus bestätigen. Zum Vater des Kindes hatte er keine Informationen.

Die Durchsuchung der Wohnung von Hannah Wirtz durch die KTU hatte keine nennenswerten Spuren liefern können.

Nachdem sie ihren Wissensstand zusammengetragen hatten, mussten sie feststellen, dass selbiger sehr dünn war.

Frustriert verabschiedeten sie sich zur anstehenden Mittagspause voneinander.

Fiona war gerade zu Hause angekommen, um mit ihrem Hund einen kurzen Spaziergang zu machen, als sie über den zweiten Leichenfund informiert wurde.

Dieses Mal würde sie direkt ihre Gummistiefel überstreifen. Das Wetter war zwar gut, aber nach dem tagelangen Regen war der Boden sicher matschig. Und da man ihr etwas von einem Wald erzählt hatte.... Noch einmal kalte Füße kam gar nicht in Frage!

Sie machte sich daran, ihre Stiefel zu suchen, da kam ihre Tochter Carolin die Treppe zum Obergeschoss heruntergestürmt und hielt ertappt inne, als sie ihre Mutter erblickte.

„Aber hallo, immer langsam mit den jungen Fohlen, nicht dass du mir die Treppe hinunterfällst." Das Gesicht ihrer Tochter nahm eine tiefrote Farbe an. Schweißperlen bildeten sich auf ihrer Oberlippe. Eindeutige Zeichen eines schlechten Gewissens!

Prüfend sah Fiona ihre Tochter an.

Diese schwieg beharrlich in dem Bewusstsein, sich verdächtig gemacht zu haben.

„Hast du meine Gummistiefel gesehen?" Insgeheim fragte Fiona sich jedoch, warum ihre Tochter bloß so ein schlechtes Gewissen hatte.

„Stehen die nicht dreckig auf der Terrasse?" Carolin hielt dem durchdringenden Blick ihrer Mutter stand, auch wenn sie genau wusste, ihre Mutter hatte ihre rote Gesichtsfarbe bemerkt.

„Ich seh mal nach, danke. Du weißt, dass du immer mit mir reden kannst?", bot Fiona ihre mütterliche Schulter zum Ausheulen an.

„Das weiß ich, Mama. Tschüss!" Carolin wandte sich ab und verließ das Haus.

Fiona blickte dem Rücken ihrer Tochter nach. Irgendetwas stimmte nicht mit ihr, das konnte Fiona deutlich spüren. Ihre Tochter allerdings mit Fragen zu bombardieren, machte keinen Sinn.

Das würde ihr nur Vorwürfe einbringen, sie könne von ihrem Job nicht loslassen und so weiter. Nein, nein hier war Fingerspitzengefühl gefragt. Irgendetwas stimmte mit ihrer Tochter nicht, und sie würde mit ihrem Instinkt und ihrer Intuition dahinterkommen.

Ihre Gummistiefel fand sie schließlich im Keller - wie auch immer die dort hingelangt waren.

Sie zog sie vor der Haustür an und machte sich auf dem Weg zum Fundort der zweiten Leiche.

Wieder handelte es sich um eine junge Frau, die getötet worden war. Auf die gleiche bestialische Weise, wie Opfer Nummer eins. Fiona bückte sich, um sich diese Untat genauer anzusehen. Viele Stiche und Schnitte, Würgemale am Hals. Es hatten sich einige grüne Fasern makroskopisch in den Wundrändern am Hals abgerieben. Sie war auf das brutalste stranguliert worden.

„Ist Patrick schon da?", erkundigte sie sich.

„Er parkt gerade seinen Wagen bei den Tennisplätzen." Hanno näherte sich vorsichtig dem Leichenfundort. Sichtlich schockiert betrachtete er die tote junge Frau.

„Sieht aus, wie die gleiche Vorgehensweise. Hat sie Ausweispapiere bei sich? Weiß man, wer sie ist?", fragend blickte er Fiona an.

„Wir konnten sie noch nicht anfassen." „Patrick ist noch nicht da.", setzte sie ihn in Kenntnis.

„Wer hat sie gefunden?" „Dann fangen wir an der Stelle mit der Befragung an.", beschloss Hanno.

Fiona zeigte auf eine gutaussehende junge Frau Mitte dreißig. Hanno folgte ihrem Hinweis und sie nahm ein schwaches Funkeln in seinen Augen wahr.

Aha, die gefiel ihm also. Na dann warten wir mal ab, bis er erfährt, dass sie drei Kinder hat.

Fiona musste trotz allem schmunzeln.

„Was ist so lustig Fi?" ‚wollte Hanno wissen.

„Du sollst mich nicht Fi nennen! Ich heiße Fiona, immer noch! Ein Insider!" Sofort war das Schmunzeln aus ihrem Gesicht verschwunden und an seine Stelle trat ein genervter Ausdruck.

„Willst du mich nicht teilhaben lassen?" „An deinem Insider?", bohrte Hanno weiter, wenn auch vorsichtig geworden.

Fiona wandte sich einfach von ihm ab und steuerte auf die junge Mutter zu.

Hanno blieb nichts anderes übrig, als ihr zu folgen.

„Guten Morgen, mein Name ist Fiona Kirchner, und dies hier ist mein Kollege Hanno Richter von der Kripo Wassenberg. Können sie uns schildern, was geschehen ist?"

Nicole Caron, am Ende ihrer Kräfte, Spuren geweinter Tränen auf den Wangen, holperte umständlich durch die Ereignisse dieses Vormittags.

Weiterhelfen konnte sie den beiden Polizeibeamten wenig. Sie kannte weder die Tote, noch hatte sie Hinweise auf den Mörder geben können.

Nach Feststellung ihrer Personalien sammelte sie ihre Kinder ein und ging nach Hause.

Patrick Weidenhaupt war inzwischen eingetroffen und hatte sich der Toten angenommen.

Hanno und Fiona gesellten sich zu ihm. Vielleicht hatte er brauchbare Hinweise für sie.

„Die gleiche Vorgehensweise wie beim ersten Opfer. Hoffentlich habt ihr es nicht mit einem Serienmörder zu tun? Mehr kann ich euch zum jetzigen Zeitpunkt nicht sagen. Wie immer, wartet auf meinen Bericht."

„Hatte sie Ausweispapiere bei sich?" Hanno stellte sich dichter zu Patrick und fuhr sich mit der rechten Hand, gespreizte Finger durchs Haar.

„Nein wir wissen nicht, wer sie ist.", beantwortete Patrick Hannos Frage und beobachtete irritiert Hannos Geste.

"Das ist eure Angelegenheit." Patrick hatte das so gesagt, als wenn sie ja schließlich auch etwas zu tun haben müssten, und kniff ihnen ein Auge.

Das brachte Hanno, der sowieso nicht gut auf Patrick zu sprechen war, sichtlich in Rage.

„Hör mal! Wir wissen schon, was wir zu tun haben!" Er baute sich vor Patrick auf und schob angriffsbereit die Schultern vor.

„Ooh! ooh! Fiona leg deinen Gorilla an die Leine!", sagte Patrick amüsiert, drehte sich um und ging davon.

Fiona brach in schallendes Gelächter aus.

Wutentbrannt stapfte Hanno davon.

Sie erwischte ihn im Kommissariat, hatte allerdings beschlossen, die Auseinandersetzung am Tatort zwischen den beiden Kampfhähnen nicht zu thematisieren.

„Wir haben zwei tote Frauen, die auf die gleiche Art und Weise zu Tode gekommen sind." „Serientäter oder nicht?", stellte sie die alles entscheidende Frage.

„Die beiden Frauen sehen sehr unterschiedlich aus!"
„Aber diese Vorgehensweise?", warf Hanno, noch immer sichtlich aufgebracht, ein.
„Wir müssen nach Schnittmengen in den Leben der beiden Frauen suchen. Das ist kein Zufall, dass sie beide innerhalb kürzester Zeit nicht weit voneinander entfernt umgebracht wurden. Irgendwo gibt es da eine Verbindung zwischen den beiden Morden."

Kapitel 12

Sie schloss ihr Fahrrad auf, als jemand von hinten an sie herantrat und sie in den Schwitzkasten nahm.
Sie wurde von ihrem Rad weggezerrt.
Ihre Beine kamen aus dem Tritt und gaben unter ihr nach. Kurzerhand wurde ihr ein Arm unter ihre Arme geschoben und dann wurde sie weitergeschliffen.
Sie wollte schreien, war zu überrascht, verschluckte sich an ihrem Schrei.
Ihr wurde die Luft abgedrückt durch den Unterarm von irgendwem auf ihrer Brust.
Man zerrte sie in die nächstgelegene Tannenschonung.
Panik stieg in ihr auf. Ihr Herz hämmerte in ihrem Brustkorb wie eine Maschinengewehrsalve.
Schweißtropfen sammelten sich in ihrem Nacken und rannen ihr zwischen den Schulterblättern den Rücken hinab.
Gedankenfetzen schossen ihr durch den Kopf, vollkommen unpassend und unzusammenhängend.

Ob sie in diesem Jahr dazu kam, einen Tannenbaum auszusuchen, um im Kreis ihrer Familie Weihnachten zu feiern?

Welche Geschenke sie gerne verschenken würde oder welche sie gerne bekam?

Ob sie ihre Lieben überhaupt jemals wiedersah?

Woran dachte sie hier überhaupt?

Gerade wurde sie hier verschleppt, und sie dachte an Weihnachten.

Lieber Gott, ich bitte dich inständig, bitte lass mich auch morgen noch an ein schönes Weihnachtsfest denken, sandte sie ein Stoßgebet zum Himmel.

Es konnte sich hier schließlich nur um ein Versehen handeln. Sobald ihr Peiniger ihr ins Gesicht sehen würde, würde er feststellen, welchem Irrtum er hier unterlag.

Plötzlich wurde sie auf den Boden geworfen und auf den Bauch gedreht. Ihr Widersacher warf sich auf ihren Rücken, ihr blieb die Luft weg.

Verzweifelt versuchte sie, Sauerstoff in ihre Lunge zu saugen, entgegen dem Körpergewicht ihres Angreifers, und versuchte zu schreien, was das Zeug hielt.

Aber außer einem tonlosen Keuchen brachte sie nichts hervor.

Tränen rannen ihre Wangen hinab, während er anfing, ihre Hose herunterzureißen.

„Lass die Schreierei, sonst nehme ich dir nicht nur deine Unschuld, sondern auch dein Leben."

Er lachte höhnisch über sein Wortspiel.

Um seine Absicht zu untermauern, drückte er ihr Gesicht in den Dreck und nahm ihr so jede Möglichkeit, frei zu atmen.

Mit einer Hand hielt er ihren Hinterkopf fest gepackt, mit der anderen riss er weiter an seiner Jeans. In ihrem Kopf explodierten Lichtblitze.

Luft! War das einzige, an das sie denken konnte.

Luft!

Ihr Gesichtsfeld wurde immer kleiner und schwärzer, als sie plötzlich bemerkte, dass das Gewicht von ihrem Rücken verschwunden war und sie wieder ATMEN konnte.

Japsend drehte sie sich auf die Seite, um ihren Sauerstoffnotstand zu begleichen. Gleichzeitig rannen die Tränen und bildeten Spuren auf ihren verschmutzten Wangen.

Sie drehte sich auf den Rücken und schreckte vor einer Gestalt zurück, die sich über sie beugte.

Tränen nahmen ihr die Sicht.

Undeutlich nahm sie Bewegung wahr.

Was geschah da?

Es packte jemand ihren rechten Arm. Verzweifelt versuchte sie, sich dagegen zu wehren. Es war zwecklos.

Sie wurde auf die Füße gezogen. Ihre Knie schlotterten, ihre Zähne klapperten. Ob vor Angst oder Kälte konnte sie nicht sagen.

„Es ist alles gut! Ich will ihnen helfen.", sprach der junge Mann sie an, der offensichtlich ihren Angreifer vertrieben hatte, wie ihr nun in den Sinn kam.

Ja, das war die einzig logische Erklärung für das hier, schoss es ihr durch den Kopf.

„Geht es? Kann ich sie irgendwohin bringen, vielleicht zur Polizei?" Seine Stimme hatte etwas beruhigendes an sich.

Sie hatte immer noch kein Wort gesprochen.

Vor Erleichterung gaben ihre Beine unter ihr nach. Erneut zog er sie auf die Füße und stützte sie.

„Oder kann ich jemanden für sie anrufen, der sie hier abholen kommt?", erkundigte er sich.

Misstrauisch schaute sie ihn an. Er hatte Kratzer im Gesicht und auf dem rechten Jochbein bildete sich ein blauer Fleck.

„Sie...sie... sind verletzt.", krächzte sie stotternd hervor. Sie war zutiefst über das Geschehene schockiert. Wie konnte das nur passiert sein und warum war ausgerechnet ihr das passiert?

„Nicht so schlimm wie sie." Er lächelte sie unsicher an.

„Hat er sie ähm.. vergewaltigt? Ist es zum äußersten gekommen? Soll ich einen Krankenwagen rufen?"

„Nein, sie waren offensichtlich rechtzeitig da. Danke übrigens, dass sie mir geholfen haben. Ich stehe tief in ihrer Schuld. Kann ich mich irgendwie bei ihnen bedanken?" Allmählich konnte sie wieder klare Gedanken fassen und zusammenhängende Sätze sprechen.

„Vielleicht können wir mal zusammen essen gehen?", fragte er vorsichtig, vielleicht hatte sie ja vorläufig die Nase voll von übergriffigen Männern.

„Ja, ich denke, das geht in Ordnung. Wenn sie mir ein bisschen Zeit geben?" Sie sah ihn unsicher an, ob sie diese Vereinbarung, oder war es eine wage Verabredung, einhalten konnte oder wollte, wusste sie zu diesem Zeitpunkt einfach nicht.

„Aber sicher! Wir tauschen unsere Telefonnummern aus, und wenn sie so weit sind, rufen sie mich einfach an.", beruhigend tätschelte er ihre Schulter.

„So machen wir's. Mein Name ist übrigens Jennifer Schwartz."

„Marko von der Loo!", stellten sie einander vor.

„Ich bringe sie jetzt zur Polizei.", traf Marko eine Entscheidung.

„Vielen Dank nochmals für ihre Hilfe. Ich rufe von dort meine Mutter an. Die bringt mich dann nach Hause."

Bei der Polizei hatte man ihr wenig Hoffnung gemacht, dass derjenige, der sie vergewaltigen wollte, jemals gefasst würde.

Sie war nicht das einzige Opfer sexueller Übergriffe in dieser Gegend. Aber man hatte zu wenig Hinweise von den Opfern auf die Identität des Täters.

Ihre Mutter Ada Schwartz war sogleich herbeigeeilt, um sie mit nach Hause zu nehmen.

Besorgt nahm sie ihre Tochter in ihre Arme und drückte sie lange und fest an sich. Dann schob sie sie mit langen Armen von sich und sah ihr in die Augen.

„In den nächsten Tagen wohnst du bei deinem Vater und mir. Du musst jetzt keine Angst mehr haben, mein Schatz." Ada Schwartz strich ihrer Tochter tröstend über ihr Haar.

Jennifer fing an zu weinen. Die Anspannung fiel von ihr ab. Die Angst blieb jedoch.

Sie wusste nicht, ob sie sich jemals wieder angstfrei auf die Straße trauen konnte?

Ob sie sich jemals wieder unbefangen und frei außerhalb ihres Zuhauses bewegen konnte?

Ihre Mutter wischte ihr mit beiden Händen die Tränen von den Wangen.

„Mein armer Schatz, was hast du nur durchgemacht." Erneut schmiegte sie sich an ihre Mutter und ließ sich von ihr trösten.

„Na komm, lass uns zu deiner Wohnung fahren, dann kannst du dir ein paar Sachen zusammenpacken, und dann hole ich dich nach Hause. Du kannst so lange bei uns bleiben, bis es dir besser geht und du dich wieder sicher fühlst." Sie drückte ihre Tochter fester an sich, wie um ihren Plan zu besiegeln.

„Danke, Mama.", schluchzte Jennifer.

Sie verließen das Polizeigebäude in Wassenberg Unterstadt, bestiegen den schwarzen SUV ihrer Mutter und fuhren vom Parkplatz am Rathaus.

Ihre Wohnung befand sich in einem Mehrfamilienhaus auf der Bahnhofstraße, Ecke Am Hartebauer.

Die Fahrtzeit betrug nur wenige Minuten.

Ihre Mutter stellte den Wagen vor der Tür ab und folgte ihrer traumatisierten Tochter in das Gebäude hinauf zu ihrer Wohnung.

Sie bemerkte, wie Jennifer die Wohnungstür aufschloss, dann jedoch zögerte, die Wohnung zu betreten.

„Was ist los mein Schatz?" Ada fasste ihre Tochter am Arm.

„Ich weiß auch nicht, eine kurze Angstattacke vielleicht." Jennifer musste tief Luft holen.

„Das wird sich schon wieder legen mit der Zeit, glaub mir mein Schatz." Mit der Rückseite ihrer letzten beiden Fingerglieder strich sie ihrer Tochter über die linke Wange.

Dann ging sie an ihrer Tochter vorbei und betrat als erste die Wohnung, um ihrer Tochter Sicherheit zu vermitteln.

Zögernd folgte ihr diese.

Als Jennifer den Flur betrat und die Kommode passierte, bemerkte sie das Blinken des darauf befindlichen Anrufbeantworters.

„Mama kannst du im Schlafzimmer schon mal den Trolley vom Schrank heben, ich komme sofort.", rief sie ihrer Mutter hinterher.

Sie drückte auf die Playtaste ihres Anrufbeantworters und vernahm sogleich die Stimme ihres Retters.

Sie schrieb sich seine Handynummer auf, bedanken musste sie sich in jedem Fall. Trotzdem merkwürdig, dass er sich schon so bald meldete. Jennifer runzelte die Stirn und betrachtete einige Augenblicke nachdenklich den Anrufbeantworter.

Schließlich folgte sie ihrer Mutter ins Schlafzimmer.

Der Trolley lag geöffnet auf ihrem Bett. Die Schranktüren waren ebenfalls geöffnet und ihre Mutter steckte mit dem Kopf in ihrer Unterwäsche.

„Mama, was machst du denn da? Lass mich das mal machen." Etwas von ihrer alten Energie kehrte in ihren Körper zurück.

Ihre Mutter trat beiseite und überließ ihrer Tochter den Kleiderschrank.

Jennifer sammelte die nötigen Kleidungsstücke zusammen, stopfte sie regelrecht in den Trolley und verschloss ihn.

Sie wollte nicht mehr Zeit als nötig in ihrer Wohnung verbringen.

„So! Fertig!" „Wir können!", trieb sie ihre Mutter zur Eile an.

Sie schnappte sich ihren Trolley und verließ zusammen mit ihrer Mutter ihre Wohnung, die sie sorgfältig verschloss

Wer wusste schon, wann sie sie das nächste Mal betrat. In der nächsten Zeit jedenfalls erst mal nicht.

Je mehr das Adrenalin in ihrem Körper abgebaut wurde, desto größer wurde ihre Angst, erneut Opfer eines Übergriffes zu werden. Sie fing an zu zittern, wenn sie nur daran dachte.

Bei ihren Eltern konnte sie erst mal sicher sein.

Kapitel 13

„Hallo Marko, wie geht es dir, deine Nachricht auf dem Anrufbeantworter war etwas verwirrend, muss ich ehrlich sagen." „Was ist denn los mit dir?", erkundigte Ellen sich bei ihrem Bruder und setzte sich ihm gegenüber an den Tisch.

„Bei mir ist alles O.K.. Und bei dir?"

„Du solltest zusehen, dass bei dir alles in Ordnung ist?", schnappte Marko zurück.

Sie hatten sich in einem Café auf dem Roßtorplatz getroffen auf Markos Wunsch.

„Was meinst du damit?", fragte Ellen alarmiert und riss die Augen auf.

„Ist dir irgendetwas an deinem Mann aufgefallen in letzter Zeit? Ist er häufig weg? Benimmt er sich irgendwie komisch?" Nervige Fragen, die Ellen nicht hören wollte, das wusste Marko nur zu gut.

Er stellte sie trotzdem, denn es war seine Aufgabe, seine Schwester zu beschützen, sie aufzurütteln.

„Ich weiß nicht, was du meinst, Marko?" So blöd konnte seine Schwester doch gar nicht sein, dass sie ihm solch eine Frage stellte.

„Dann denk mal scharf nach, Schwesterherz." Seine Stimme troff vor Ironie.

„Ich kann dir wirklich nicht folgen. Vielleicht kannst du deutlicher werden?" Entweder sie wollte es nicht wissen, oder sie wusste es tatsächlich nicht.

Also musste er sie aufklären.

„Dein Mann hat eine Geliebte. Er treibt es mit ihr in aller Öffentlichkeit, und du willst da angeblich nichts von wissen." Schonungslos knallte er ihr die Wahrheit um die Ohren.

„Oh Gott! Marko! Bitte nicht! Ich kann einfach nicht! Ich kann ihn nicht verlassen." „Ich liebe ihn zu sehr.", flehte sie.

In null Komma nichts war ihr Lügengebäude, das sie für sich selbst aufgebaut hatte, in seine Einzelteile zerlegt und die bittere Wahrheit lag ausgebreitet vor ihr.

Jetzt war sie gezwungen zu handeln. Marko hatte sie dazu gezwungen.

Also hatte sie doch eine Ahnung gehabt, wurde Marko in diesem Augenblick klar.

„Ellen, du weißt, was ich denke. Es dauert nicht mehr lange, dann prügelt er dich windelweich. Du weißt, dass ich immer für dich da sein werde, aber ob ich dich davor beschützen kann, das weiß ich nicht." In aller Brutalität führte er seiner Schwester vor Augen, was sie seiner Meinung nach erwartete.

„Weißt du noch, als unsere Mutter den Typen mit dem Schäferhund angeschleppt hat." Grauenhafte Erinnerungen schwappten an die Oberfläche ihres Bewusstseins.

„Was hatte ich da für eine Angst. Ich dachte, der Kerl bringt uns um." Marko wusste genau, wovon seine Schwester gerade sprach.

„Ja, du hast recht, Ellen, schlimmer konnte der Tod auch nicht sein, als die Quälereien von dem Typen". Marko langte über den Tisch und strich seiner Schwester die Tränen von den Wangen.

„Marko!", schrie seine Mutter, „Komm sofort hierher!"

„Marko, sofort!", drang die hysterische Stimme seiner Mutter an sein Ohr.

Er lag in seinem Zimmer unter seinem Bett mit der Taschenlampe und las ein Buch.

Er krabbelte aus seinem Versteck und schlich in die Küche zu seiner Mutter.

„Was gibt es?", fragte er mürrisch.

„Kannst du mir sagen, wo deine Schwester ist?", forderte sie in barschem Tonfall.

„Nein, ich habe keine Ahnung. Ist sie nicht in ihrem Zimmer?" Marko antwortete betont freundlich, denn wenn seine Mutter in dieser Stimmung war, konnte der Tag kein gutes Ende nehmen. Das erkannte er in diesem Augenblick.

„Kannst du bitte nachsehen, ich bin beschäftigt, das siehst du doch.", schnauzte sie ihn an.

Er verließ die Küche, wandte sich in den Flur und ging auf ihre Zimmertür zu.

Dort hörte er die Stimme von diesem Kerl mit dem Schäferhund. „Komm her zu mir!" „ Setz dich auf meinen Schoss!", befahl er.

Marko blieb wie angewurzelt stehen.

Sein Herz fing wild an zu pochen.

„Ich möchte das aber nicht!", verkündete die Stimme seiner Schwester.

„Mein liebes Kind, man kann nicht immer tun und lassen, was man möchte." Na los! Komm schon her!", seine Stimme nahm eine ungeduldige Färbung an.

„Ich möchte nicht. Bitte!", flehte seine Schwester.

„Jetzt komm auf der Stelle her!", schrie der Kerl seine Schwester an.

Das ließ Marko aus seiner Schockstarre erwachen.

Wie von der Tarantel gestochen rannte er die letzten Meter bis zu der Zimmertür seiner Schwester und riss sie auf.

„Ellen, du sollst zu Mama kommen.", gab er den Wunsch seiner Mutter weiter.

Ellen, die gerade dabei war, sich auf den Schoss des Kerls zu setzen, blickte dankbar und erleichtert in Markos Richtung.

Der Kerl, der ebenfalls zu Marko sah, schrie ihn an: „Verschwinde!" „Wir sind gerade beschäftigt. Siehst du das denn nicht!"

„Aber Mama...", versuchte Marko es erneut.

„Hau ab! Oder soll ich es dir buchstabieren." „Deine Mutter soll sich zum Teufel scheren.", blaffte der Kerl und hielt seine Schwester mit eisernem Griff fest.

Das Letzte, das Marko sah, bevor er die Tür wieder schloss, war der panische Blick seiner Schwester.

Das konnte er nicht zulassen!

Er musste seine Schwester beschützen.

Er war der einzige, den sie hatte.

Seine Mutter hatte doch garantiert gewusst, was dort vor sich ging, und hatte ihn geschickt, weil sie zu feige war.

Er musste etwas tun!

Fieberhaft dachte er nach.

Was konnte er nur tun?

Aus Ellens Zimmer war nun ein Wimmern zu vernehmen.

Schlimmer als das Winseln eines Hundes.

Er rannte in sein Zimmer.

Blitzschnell räumte er eines seiner Regalbretter ab, löste es aus seiner Halterung und packte es mit beiden Händen.

Das musste als Waffe auf die Schnelle reichen.

Er verließ sein Zimmer und ging zu Ellens Zimmer, öffnete die Tür, packte das Regalbrett mit beiden Händen und schwang es über den Kopf.

Der Kerl drehte sich um. „Was zum Teufel ist jetzt...".

Weiter kam er nicht; da traf ihn das Regalbrett an der Schläfe seitlich am Kopf.

Benommen ließ er von Ellen ab und erhob sich.

Fasste sich an den Kopf, der heftig angefangen hatte zu bluten.

Stürzte sich voller Wut auf Marko, packte ihn an den Oberarmen, schüttelte ihn und schliff ihn schließlich in die Küche.

Dort platzierte er ihn auf einen Stuhl.

„Hol mir zwei lange Nägel und einen Hammer!", an Markos Mutter gewandt.

„Wozu brauchst du das denn?", erkundigte sich Markos Mutter, als hätte sie von alldem nichts mitbekommen.

„Frag nicht so blöd! Tu was ich dir sage!", befahl er ihr drohend.

Markos Mutter rannte los in den Keller, um zu tun, was man ihr aufgetragen hatte.

Inzwischen rief der Kerl nach Ellen, sie solle sich neben ihren Bruder auf den Stuhl setzen.

Wenige Augenblicke später erschien Markos Mutter wieder in der Küche und lieferte das Gewünschte.

„Leg deine Hände auf den Tisch!"

Er nahm einen der Nägel und den Hammer zur Hand.

Marko zögerte.

„Los! Tu, was ich dir sage!", flüsterte der Kerl drohend.

„Mach schon Marko!", redete seine Mutter auf ihn ein.

Markos Mutter nahm seine rechte Hand und platzierte sie auf der Tischplatte.

Der Kerl trieb ihm mit einem Hammerschlag den Nagel durch die flache Hand in die Tischplatte.

Marko schrie auf vor Schmerz und verlor das Bewusstsein.

„Na, ich glaube der zweite ist nicht mehr erforderlich. Und du kommst jetzt mit! Ich zeig dir, was gutes Benehmen heißt."

Er zog die vollkommen erstarrte Ellen vom Stuhl mit sich zurück in Ellens Zimmer.

Wenige Augenblicke später waren von dort ihre Schrei zu hören.

Ihre Mutter wandte sich dem Spülbecken zu und kümmerte sich um den Abwasch.

Ellen schniefte in dem Café in ihr Taschentuch.

„Was dieser Typ uns angetan hat, kann nie wieder gut gemacht werden.", spie Marko aus und rieb bei der Erinnerung an der Narbe in seinem rechten Handteller.

Ellen schaute ihren Bruder mit tränenverschleiertem Blick an. Diese heftige Reaktion hatte sie nicht erwartet.

Sie hatten beide eine Therapie gemacht, nachdem man sie endlich in einer Pflegefamilie untergebracht hatte. Hier hatten sie Glück gehabt. Dort hatten sie eine schöne Zeit verlebt. Man hatte sich um sie gekümmert, hatte ihnen so etwas wie Geborgenheit näher gebracht. Das hatten sie noch nie erfahren!

Hier hatten sie sich einigermaßen gefangen, und man hatte ihnen eine psychologische Betreuung zukommen lassen.

Das erste Mal in ihrem Leben hatten sie sich sicher gefühlt. Das hatte über das schlimmste hinweg geholfen.

Trotzdem hatte Marko immer wieder zu unverhältnismäßigen Wutausbrüchen geneigt. Das hatte sich durch seine gesamte Kindheit und Jugend gezogen.

Die Narben allerdings würden immer bleiben, auf ihren Körpern und auf ihren Seelen.

Dass Marko jetzt wieder so aufgewühlt war, erfüllte sie mit Sorge. Sie betrachtete ihren Bruder genauer. Sein Haar klebte strähnig an seinem Kopf, und unter seinen Achseln hatten sich große runde Schweißflecken in seinem Langarmshirt gebildet. Er sah gar nicht gut aus. Nervös spielte er mit der Serviette, ein Überbleibsel eines vormaligen Kunden in dem Café.

Plötzlich sprang er auf!

„Ich muss jetzt gehen!", sagte er. „Mach´s gut!"

Er ging, ohne sie noch einmal anzusehen oder sich gar von ihr zu verabschieden.

Verwundert blickte sie ihm nach, und Sorge entsprang in ihrem Inneren.

In diesem Augenblick als er die Straße entlang rannte, kamen ihm das Labradorpärchen Gipsy und King in den Kopf, das auch Bestandteil der Pflegefamilie war, die Ellen und ihn aufgenommen hatten und die so liebevoll mit ihnen umgegangen waren.

Marko war 14 Jahre alt und machte an seinem Schreibtisch sitzend die Hausaufgaben für den nächsten Schultag. Es war ein warmer Sommertag, deshalb hatte er sein Zimmerfenster gekippt, um frische Luft hereinströmen zu lassen.

Seine Pflegemutter hatte ihn darum gebeten.

„Teenager verströmen einen etwas delikaten Geruch.", pflegte sie zu sagen, deshalb hielt sie sie dazu an, dann und wann das Fenster zu öffnen, um ihre Zimmer zu lüften.

Manchmal spielte sie ihm liebevoll an seinen Ohrläppchen, so wusste er, sie meinte es nicht böse.

Am Anfang waren sie immer in Deckung gegangen, Ellen und er, wenn etwas von ihnen gefordert wurde, aus lauter Angst, sie könnten etwas nicht richtig verstanden haben, nicht richtig gemacht haben.

Diese Unsicherheit zermürbte sie!

Es war ihre Pflegemutter, die ihnen immerzu das Gefühl vermittelt hatte, in ihren Augen könnten sie gar nichts falsch machen. Sie mochte sie, so, wie sie waren.

Außer an diesem Tag, da hatte er dann schließlich doch einen Fehler begangen.

Er wollte gerade sein Fenster wieder schließen, weil er befand, genug gelüftet zu haben, als er ein lautes Aufjaulen hörte.

Die beiden Labradore Gipsy und King liefen draußen im Garten, das wusste er.

Eben noch waren sie an seinem Fenster vorbei getollt.

Da! Schon wieder ein herzzerreißendes Jaulen!

Er sah Gipsy mit zwischen die Hinterbeine eingeklemmtem Schwanz an seinem Fenster vorbeischleichen.

Wo blieb King?

Keine Spur!

Marko zögerte nicht lange und sprang aus seinem Fenster.

Er rannte um die Hausecke herum.

Was er hier zu sehen bekam, ließ ihn ausrasten vor unbezwingbarer Wut.

Zwei Jungen im Alter von neun Jahren bewarfen King mit Steinen.

Einer davon musste wohl so groß gewesen sein, dass der Labrador das Bewusstsein verloren hatte. Die beiden Knirpse hörten aber nicht auf mit ihrer Steinigung. Im Gegenteil Marko hatte das Gefühl, die Steine, mit denen sie seinen geliebten Hund bewarfen, wurden immer größer.

Er rannte auf sie zu.

„Wer hat euch denn ins Gehirn geschissen.", brüllte er sie aus Leibeskräften an.

Ohne weiter darüber nachzudenken, sprang er über den Gartenzaun, brachte die Steine an sich und feuerte diese den beiden Jungen auf Kopf und Körper.

Sollten sie doch am eigenen Leib erfahren, wie das ist, wenn man gesteinigt wurde.

Die Jungen rannten panisch, laut schreiend weg.

Marko hinter ihnen her.

Bewarf sie weiter mit Steinen.

Als er keine mehr hatte lief er so schnell er konnte zurück zu King.

Sein Pflegevater trug ihn gerade zum Auto und wollte mit ihm zum Tierarzt.

„Ich möchte mitkommen!", forderte Marko.

„Dann steig ein. Hast du gesehen, wer das war?" Sein Stiefvater sah ihn mit traurigem Blick fragend an.

„Ja ich hab gesehen, wer das war. Es waren die beiden Knirpse, die am Ende der Straße in dem neuen Bungalow wohnen." „Ich weiß aber nicht, wie sie heißen.", informierte Marko ihn.

„Hast du mitbekommen, was sie unserem King angetan haben?", bohrte sein Stiefvater.

„Sie haben ihn mit Steinen beworfen.", schnaubte Marko wütend.

Den Rest des Weges zum Tierarzt schwiegen sie beide.

Marko hielt King in seinen Armen, der immer noch nicht wieder zu sich gekommen war.

Sein Atem ging flach!

Trotzdem streichelte er ihm fortwährend über sein weiches, braunes Fell.

Dabei dachte er sich aus, was er mit den beiden Jungs anstellen würde, sollte King das hier nicht überleben.

Beim Tierarzt angekommen rannte Markos Stiefvater sofort zur Patientenannahme und schilderte dort ihr Problem.

Marko war ihm gefolgt mit King auf dem Arm.

Er war verdammt schwer und immer noch bewusstlos.

Sie konnten sofort durchgehen in einen der insgesamt fünf Behandlungsräume.

Der Tierarzt sah sich King eingehend an, er tastete ihn ab, er wurde geröntgt.

„Es tut mir sehr leid, aber für ihren Hund kann ich leider nichts mehr tun. Wir können ihn nur noch von seinen Qualen erlösen." Der Tierarzt bedachte sie mit einem ernsten Blick.

Marko fing lautlos an zu weinen und hieb seine Faust einmal kräftig gegen die Wand, so dass Blut spritzte.

Sein Stiefvater versuchte ihn, in den Arm zu nehmen.

Marko jedoch stieß ihn beiseite und floh aus der Tierarztpraxis.

Er lief einfach davon!

Später sollte er sich bittere Vorwürfe machen, dass er seinen geliebten Hund nicht auf seinem letzten Gang begleitet hatte.

Kapitel 14

„Wir stecken fest!", stellte Hanno fest. „Ich sag es nicht gern, aber es ist so! Verdammt!"

„Du hast recht!" „Wir kommen keinen Schritt weiter.", musste Fiona zugeben, da führte kein Weg dran vorbei, auch wenn sie Hanno total ungern recht gab.

Sie wusste auch nicht, woran das lag. Er konnte sie bis aufs Mark reizen, und dann wieder konnte er so liebenswürdig und zuckersüß sein, dann würde sie ihn am liebsten in den Arm nehmen und ganz fest an sich drücken.

Aber nein, so weit wollte sie es niemals kommen lassen.

Sie würde nie wieder einen Mann so nah an sich herankommen lassen. Aber von all dem musste Hanno nichts erfahren, das ging ihn schlicht und ergreifend nichts an.

„Ooh, sag bloß, du gibst mir recht." Hannos Stimme triefte vor Sarkasmus.

„O.K., ich glaube, für mich wird es Zeit, nach Hause zu gehen. Ich kann hier nichts mehr ausrichten." Jürgen nahm seine Jacke von der Stuhllehne, über die er sie ganz ordentlich gehängt hatte.

„Ja! Hau nur ab!" Hanno warf Jürgen einen verächtlichen Blick zu.

„Ich weiß nicht, was mit euch..., nein besser, ZWISCHEN euch los ist. Aber tut mir und uns allen den Gefallen und klärt das." Es war sonst nicht seine Art, sich in fremder Leute Angelegenheiten zu mischen, aber das hier war kaum zum Aushalten. In der einen Sekunde knisterte es so laut zwischen den beiden, dass es nahezu hörbar war, und in der nächsten Sekunde gerieten sich die beiden wegen Nichtigkeiten in die Haare.

Das musste aufhören!

Solange sie nur mit Nebenkriegsschauplätzen beschäftigt waren, würden sie diesen Fall niemals lösen.

Er warf ihnen beiden einen letzten Blick zu, zog sich seine Jacke über und verließ grußlos das Kommissariat.

„Was ist denn in dich gefahren!?!" „Wir tun hier alle nur unsere Arbeit; wenn dir das nicht passt, dann lass dich nur wieder versetzen.", fuhr Fiona ihn giftig an.

„Ich will mich aber nicht versetzen lassen. Ich will diesen Fall lösen." Breitbeinig mit hochgerecktem Kinn baute er sich vor sie auf. Sie war immer bereit zur Flucht, wann immer Hanno in ihrer Nähe war.

Doch diesmal hatte er ihren Fluchtweg versperrt!

Er stand vor der Tür!

Nervös begann sie, auf und ab zu rennen wie ein Tiger im Käfig.

„Dann musst du eindeutig ruhiger werden, weniger aufbrausend, wenn du verstehst, was ich meine.", entschlossen blickte sie ihn über ihre Schulter hinweg an, während sie weiterhin auf und ab lief.

„Ich bin aufbrausend? Und du? Was ist mit dir?" Hanno verfolgte sie seinerseits mit seinem Blick.

„Was ist denn mit mir? Ich bin ganz ruhig und ausgeglichen!", entgegnete Fiona mit aufgebrachtem Tonfall.

„Ruhig und ausgeglichen!?! Dass ich nicht lache! Du rennst auf und ab wie ein in die Enge getriebenes Tier." Hannos Gesichtsausdruck zeigte pure Verzweiflung.

Sie wurde blass.

Er hatte recht!

Und an allem war nur er Schuld!

Wenn er in ihrer Nähe war, wurde sie nervös, und was das bedeutete, wollte oder konnte sie sich nicht eingestehen.

Das wühlte sie zu sehr auf.

„Ich hab jetzt keine Zeit für so etwas.", murmelte sie und versuchte sich an ihm vorbei zu mogeln.

Er hielt sie am Oberarm fest.

„Jürgen hat recht, wir müssen darüber reden. Ganz egal, was das bedeutet, so geht das nicht weiter. Bitte Fiona, lass uns irgendwohin fahren." Er schaute ihr in die Augen, und dieser Blick traf sie bis ins Mark. Ihr wurde heiß.

„Ich habe Angst!" Sie erlaubte sich einen kurzen Moment der Schwäche.

Er nahm sie in die Arme. „Dann lass uns darüber reden, ob wir gegen deine Angst nicht etwas unternehmen können."

Sie schmiegte sich an ihn, und erst jetzt merkte er, wie sehr er sich nach ihr verzehrte. Die weiche Haut ihrer Wange und dieser Geruch nach Vanille und Sauerkirsche mit etwas Bittermandel von Kirschkernen.

Er atmete schneller, um mit dem wilden Pochen seines Herzens Schritt halten zu können.

Fiona ließ ein wohliges Seufzen vernehmen und ihre Anspannung und Nervosität löste sich etwas.

Wie aus weiter Ferne hörte sie das Telefon klingeln.

Beim nächsten Läuten war es ganz nah und sie mit den Gedanken wieder bei ihrem Fall.

Barsch löste sie sich aus Hanno´s Umarmung und eilte zum Telefon.

Als Hanno ihren geschäftsmäßigen Ausdruck im Gesicht sah, wusste er, dass dieser für ihn so wundervolle Moment vorüber war und dass er so schnell nicht wiederkommen würde.

Bedauernd sah er ihr nach.

In diesem kurzen Augenblick hatte er gespürt, dass Fiona etwas für ihn empfand und ihm war klar geworden, wie sehr er sie wollte.

Als Partnerin und als Frau wollte er sie.

Er spürte, dass er sein Leben lang auf diese Frau gewartet hatte. Und er war nicht gewillt, sie einfach so gehen zu lassen. Nicht, ohne ihr gezeigt zu haben, wie sehr er sie liebte und wozu seine Liebe fähig war.

„Guten Tag, mein Name ist Bruno Tschipkowitz, meine Kinder haben ein Handy gefunden, auf dem sich fragwürdige Bilder befinden. Wir dachten, das könnte sie vielleicht interessieren."

Fionas Blick wanderte zu Hanno, „Wir kommen sofort vorbei."

Kapitel 15

Sie hatte sich zwar die Handynummer ihres Retters aufgeschrieben, und sie kannte auch seinen Namen, aber bis jetzt konnte sie sich nicht dazu überwinden, ihn zu kontaktieren, um ihm ihren Dank auszusprechen und sich eventuell erkenntlich zu zeigen zu.

Ein paar Mal war sie fast so weit gewesen, hatte ihr Handy schon in der Hand gehabt. Hatte dann aber doch wieder bedenken, Angst sogar.

Sie kannte diesen Mann nicht! Was wenn er ihr übel mitspielen wollte?

Sie war schon einmal dieser Gefahr ausgesetzt gewesen. Sie hatte die Todesangst gespürt. Diese Erfahrung brauchte sie kein zweites Mal.

Also hatte sie es gelassen.

Auch sonst hatte sie kaum mehr das Haus ihrer Eltern verlassen.

Eine Woche war seit der sexuellen Nötigung vergangen.

Ihre Mutter hatte ein paar Mal versucht, sie aus dem Haus zu locken. Einkaufen zu gehen und so weiter, natürlich nur in ihrer Begleitung.

Sie brauchte also keine Angst zu haben.

Jedoch kostete es sie zu viel Überwindung, diese Hürde zu nehmen.

Sogar ihr Vater, der sich sonst um familiäre Angelegenheiten eher drückte, teilte die Sorge der Mutter. Wie sollte sie in ihr Leben zurückfinden, wenn sie das Haus nicht einmal verließ.

So kam es, dass eines schönen Tages Marko sich bei ihr meldete und sie einer Verabredung zustimmte, die im Hause ihrer Eltern stattfand.

Ihrer Mutter war die Erleichterung deutlich anzusehen, und sie wollte sowohl ihr, als auch ihrem Vater diesen Gefallen tun. Ein erstes Zeichen setzen, dass es bergauf ging mit ihr.

Marko hatte sich also für den folgenden Nachmittag angesagt; um sechzehn Uhr.

Stundenlang hatte sie überlegt, was sie anziehen sollte.

Nicht zu freizügig! Sie wollte keine Begehrlichkeiten wecken.

Aber auch nicht zu verschlossen, damit nicht alle schon wieder Rückschlüsse von ihrer Klamotte auf ihren Gemütszustand zogen.

Sie hatte eindeutig genug davon, mit diesen seltsam nachdenklichen Blicken bedacht und ständig analysiert zu werden.

Als sie sich entschieden hatte, begann sie, sich Gedanken darüber zumachen, worüber sie sich mit ihm unterhalten sollte.

Aus dem alten Sekretär ihres Vaters besorgte sie sich ein Blatt Papier und einen Kugelschreiber.

Als ersten Punkt notierte sie `Bedanken`.

Und dann?

Fieberhaft überlegte sie weiter.

Schließlich war er ein Wildfremder.

`Beruf`, `Alter`, `Familie`?, notierte sie auf dem Zettel.

Das sollte wohl reichen. Es sollte schließlich auch nur ein kurzer Besuch werden und keine tagesfüllende Veranstaltung.

Die große Standuhr im Hausflur ihrer Eltern ertönte zur sechzehnten Stunde des Tages. Gleichzeitig vernahm sie den Gong an der Tür.

Pünktlich war er ja, das musste man ihm lassen.

Um ihr ein Gefühl zusätzlicher Sicherheit zu vermitteln, hatte ihr Vater sich in der Bibliothek, die sich direkt neben der Hauseingangstüre befand, postiert, um ihren Besucher in Empfang zu nehmen. So kam er nun seiner Verpflichtung nach und öffnete die Tür, begrüßte ihren Gast, unterzog ihn einer kurzen visuellen Prüfung und geleitete ihn dann ins Wohnzimmer.

Das Wohnzimmer, bei dem es sich eigentlich um ein Wohn-Esszimmer handelte, war zweigeteilt.

In der einen Hälfte befand sich eine Couchlandschaft, die so groß war, dass sie zum hemmungslosen Herumlümmeln an verregneten Herbsttagen einlud.

In der anderen Hälfte prangte ein riesiger Esstisch, an dem gut und gerne zehn Personen Platz hatten.

Beherrscht wurde der ganze Raum von einem völlig überdimensionierten Flachbildfernseher an der Wand, der absolutes Kinofeeling vermittelte.

Ihr Vater führte Marko, der seinen Blick bewundernd durch den Raum schweifen ließ, an den Esstisch, auf dem die Haushaltshilfe Kaffee und Gebäck serviert hatte.

„Setzen sie sich bitte! Ich werde meine Tochter augenblicklich unterrichten, dass sie angekommen sind. Zunächst will ich ihnen aber meine tiefe Dankbarkeit entgegenbringen für den Einsatz, den sie am Wohl meiner Tochter geleistet haben. Nochmals herzlichen Dank dafür! Ich werde mich erkenntlich zeigen!" Johannes Schwartz reichte Marko die Hand. Dieser ergriff sie, und Jennifers Vater legte seine Linke darüber, wie um ein Bündnis zu besiegeln. Eine Wärme lag in seinem Blick, die Marko noch nie bei einem Menschen so intensiv wahrgenommen hatte.

Marko hingegen wusste nicht, ob er sich jetzt freuen sollte oder ärgern.

Wie konnte Herr Schwartz glauben, dass er sich erkenntlich zeigen musste

Oder regelte man das in diesen Kreisen auf diese Art und Weise.

Denn dass er sich hier auf höherer gesellschaftlicher Ebene befand, war ihm sofort klar gewesen, als er auf das Haus zugefahren war.

Was heißt hier, auf das Haus zugefahren war, das Haus hatte eine eigene Zufahrt.

In dem Moment hatte es ihm leidgetan, ihre Einladung überhaupt angenommen zu haben.

Hätte er das vorher gewusst

Ja was wäre dann gewesen?

Dann säße er trotzdem jetzt hier, denn er hatte sich auf Anhieb in Jennifer verliebt. Nur deshalb hatte er sie überhaupt angerufen.

Auf den Dank von Familie Schwartz pfiff er!

Also antwortete er mit der gebotenen Höflichkeit:"Herr Schwartz, sie brauchen sich nicht erkenntlich zu zeigen. Ihre Tochter brauchte Hilfe und ich war zufällig zur Stelle."

„Geholfen hätte aber nicht jeder, und dass sie das getan haben, rechne ich ihnen hoch an, junger Mann. Und jetzt hole ich meine Tochter und lasse sie allein."

„Vielen Dank Herr Schwartz!" Johannes Schwartz nickte Marko zu und verließ den Raum, so dass Marko die Gelegenheit bekam, sich in aller Ruhe umzusehen.

Er stand auf und näherte sich dem Flachbildfernsehen.

„Na? Beeindruckt?"

Er hatte sie gar nicht kommen hören. Ganz leise hatte sie den Raum betreten und sich ihm genähert.

„Ooh, hallo! Ich hatte dich nicht gehört." Marko drehte sich zu Jennifer um.

„Hallo!", erwiderte sie den Gruß.

„Wie geht es dir? Du bist ja immer noch ganz blass um die Nase!" Besorgt zog er die Stirn in Falten.

„Mir geht es gut!" Sie wich seinem Blick aus.

Er sah sie eindringlich von der Seite an.

„Wirklich! Es ist alles in bester Ordnung!", versicherte sie ihm.

„Na, nach bester Ordnung sieht mir das hier aber ganz und gar nicht aus. Wann warst du denn das letzte Mal an der frischen Luft? Und lüg mich nicht an! Ich sehe, wenn du schummelst." Er hob die Augenbrauen und ein leichtes Zucken umspielte seine Mundwinkel.

Was nahm sich dieser Kerl denn raus?

Was sollte das hier werden?

Sie wollte sich kurz bei ihm bedanken ein bisschen Small Talk und dann Adieu.

Das lief aber irgendwie schief, erkannte sie augenblicklich.

„Das Wetter ist auch nicht besonders! Kaffee?" Sie wurde mürrisch.

„Ja gerne." Zaghaft lächelte er sie an.

Sie schenkte ihm Kaffee ein und bot ihm Gebäck an. Er belud seinen Teller und registrierte, dass sie nur Kaffee für sich nahm.

Bei näherer Betrachtung musste er feststellen, dass sie mager, blass und abgespannt aussah.

Ob das auch schon bei dem Überfall der Fall gewesen war, konnte er nicht beurteilen.

Dazu war es zu dunkel gewesen, und er hatte sie auch nicht so eingehend betrachten können.

Aber er hatte sie auf Anhieb schön gefunden, ihre zarte Verletzlichkeit, ihre blonden Haare und die tiefblauen Augen.

Vom ersten Augenblick an hatte er sie beschützen wollen, was er dann ja auch direkt in die Tat umgesetzt hatte.

Für seinen Geschmack war sie etwas zu kantig, aber das konnte man ja ändern.

Wenn sie sich erst öfter trafen, würde er schon dafür sorgen, dass sie vernünftig aß.

„Ich wollte mich bei dir für deine Hilfe bedanken. Wer weiß, was passiert wäre, wärest du nicht zur Stelle gewesen.", unterbrach sie seine Gedankenkaskaden.

Er blickte von seinem Teller auf und ihr direkt in die Augen.

Sie fühlte sich seltsam berührt.

„Das habe ich schon deinem Vater versucht, klar zu machen. Ihr braucht euch nicht zu bedanken. Ich habe dir gerne geholfen. Wenn du jemandem danken willst, dann danke dem Schicksal dafür dass ich ausgerechnet zu diesem Zeitpunkt an diesem Ort war." Sein Gesicht nahm einen ernsten Ausdruck an.

„Jemand anderes wäre vielleicht auch an Ort und Stelle gewesen, wäre dann aber weitergegangen.",
beharrte sie auf ihrem Standpunkt.

„Dann bedanke dich dafür, dass ausgerechnet ich zur Stelle war." Eine schicksalhafte Begegnung!", er musste schmunzeln, was ihr wiederum ein Lächeln ins Gesicht zauberte.

Ja, dachte er bei sich, das konnte der Anfang von etwas Wunderbarem werden, und ließ sein Schmunzeln zu einem breiten Grinsen werden.

Nachdem er sie vor dem Übergriff durch diesen Unbekannten gerettet hatte und es zu diesem ersten Treffen gekommen war, hatten sie sich mehrfach verabredet. Sie waren essen gegangen, oder ins Kino. Manchmal gingen sie aber auch einfach nur spazieren im nahegelegenen Wald zum Birgelener Pützchen.

Einmal waren sie auch ins Phantasialand gefahren; dies war ein ganz besonders toller Tag gewesen.

Am Anfang hatte sie so eine Angst gehabt vor erneuten Übergriffen, da kam es ihr ganz Recht, dass Marko sich ständig mit ihr verabreden wollte. Bei ihm fühlte sie sich beschützt und geborgen.

Zwar war sie bei der Polizei gewesen, um sich nach dem Fortschritt der Ermittlungen zu erkundigen.

Aber man hatte ihr wenig Hoffnung gemacht, dass sie den Täter finden würden. Man hatte zu wenig Hinweise, wurde ihr nach einiger Zeit mitgeteilt.

Bei Marko fühlte sie sich sicher.

Er benahm sich wie der perfekte Gentleman.

Er brachte ihr oft Blumen mit oder andere Geschenke.

Lud sie zum Essen ein. Ganz zuvorkommend und charmant.

Sie wunderte sich etwas darüber, dass er sooft und offensichtlich gerne mit ihr ausging oder Zeit verbrachte.

Schließlich dämmerte ihr, dass mehr Gefühle im Spiel waren.

Bei der Erkenntnis sträubte sich alles in ihr.

Sie wusste, sie musste Klartext mit ihm reden.

Aber sie fand nie die richtigen Worte, die richtige Gelegenheit und so fort.

Also ließ sie es geschehen gegen jede Vernunft und gegen ihr Gefühl.

Irgendwann hielt er sie schließlich zum ersten Mal in den Armen und küsste sie. Es fühlte sich nicht ganz richtig an, aber zumindest fühlte sie sich sicher. Also ließ sie es wieder geschehen.

Bald ließ ihre Angst nach.

Kapitel 16

Ihr Gesicht war tränenüberströmt, als ihr Handy den Eingang einer WhatsApp angekündigt hatte.

Sie tupfte sich ihre nassen Wangen mit einem Geschirrtuch trocken und putzte sich anschließend damit laut und ergiebig die Nase.

Dann entsperrte sie ihr Handy, das auf der Küchentheke lag, klickte sich zu ihren neuen Nachrichten durch und las, wer der Absender der neu eingegangenen Nachricht war.

Marko!

„Wir müssen uns dringend treffen. Habe etwas sehr Wichtiges mit dir zu besprechen.", las sie.

Was war denn nun schon wieder?

Sie bemerkte, dass ihr Bruder sie zunehmend überforderte.

Beim letzten Mal, als sie sich vor ein paar Tagen getroffen hatten, war er sehr verwirrt und aggressiv gewesen.

Wenn sie ehrlich zu sich selber war, hatte sie nahezu ein wenig Angst, sich mit ihm zu treffen.

Auf der anderen Seite war er immer für sie da gewesen, hatte sie immer beschützen wollen, auch wenn das nicht immer so geklappt hatte und auch wenn er dafür selber Brutalität einstecken musste. Und das musste er.

Das mussten sie beide.

Jetzt hatte sie gehofft, es würde sich ihrer beider Leben zum Besseren wenden, aber immer wieder holte die Vergangenheit sie ein.

„Was ist so dringend?", schrieb sie daher zurück.

„Auf dem Bergfried in einer halben Stunde!", lautete die Antwort.

Das bedeutete, sie musste sich sofort in ihr Auto setzen, wenn sie von Erkelenz kommend pünktlich sein wollte.

Sie schnappte sich ihre Schlüssel und ihre Handtasche, zog sich in aller Eile ihre Winterjacke über und verließ das Haus, ohne ihrem Mann eine Nachricht zu hinterlassen, wohin sie unterwegs war. Sollte er sich doch zur Abwechslung mal den Kopf darüber zerbrechen, wo sie war.

Wenn sie nur an ihren Mann dachte und an seine Untreue, packte sie die Wut.

Als der Polizist, dieser Jürgen Ott, vor einer Stunde da gewesen war und ihr das Foto von ihm und dieser Hannah Wirtz vorgehalten hatte, zersplitterte ihre Seele in unendlich viele kleine Teile.

Seitdem hatte sie eigentlich nur noch geweint.

Wie sollte sie das nur jemals wieder reparieren?

Schade, dass Jens nicht da gewesen war.

Sie hätte zu gerne sein Gesicht gesehen, wenn er auf´s Revier gebracht würde, damit sie ausschließen könnten, dass er sie nicht umgebracht hatte.

Nach wie vor glaubte Ellen nicht, dass ihr Mann zu so einer Tat fähig wäre. Aber er sollte trotzdem ruhig ein bisschen schmoren, wenn es nach ihr ginge.

Sie drosch mit den flachen Händen auf das Lenkrad ein und bemerkte gar nicht, wie schnell sie fuhr.

Sie bog vom Karolingerring links auf die B57 ab weiter auf die Ampel zu.

Hier musste sie halten, weil die Ampel rot war.

Um sich von ihrer Wut abzulenken, machte sie das Radio an. Sie wählte über die Schaltfläche „1Live" und drehte den Lautstärkeregler voll auf. Die Black Eyed Peas brüllten gerade „Boom Boom Yeah" aus ihrem Lautsprecher. Das war genau das richtige in diesem Augenblick.

Die Ampel sprang auf grün.

Der Autofahrer vor ihr fummelte an seinem Handy herum und verpasste die Anfahrt.

Wütend drückte sie auf ihre Hupe, gestikulierte wild mit den Armen, als sie bemerkte, dass der vor ihr in den Rückspiegel sah. Der zeigte ihr den Mittelfinger und fuhr los, als die Ampel gerade wieder auf Rot umsprang.

Schnaubend drückte auch sie ihr Gaspedal durch!

Aber es war zu spät!

Der kreuzende Verkehr hatte sich längst in Bewegung gesetzt.

Sie rammte einen schwarzen VW Tuareg.

Der wütende Blick einer alten Gewitterziege mit Hakennase traf sie vom Steuer des VW.

Sie dachte noch, es war doch immer das gleiche.

Die Arschlöcher kamen immer davon.

Da verließ die Gewitterziege ihren Wagen und eilte auf sie zu.

Widerstrebend verließ auch Ellen ihr Auto und umrundete ihre zerbeulte Motorhaube.

Kühlwasser lief aus ihrem Auto auf die Straße.

„Das haben sie ja toll hingekriegt!", schnauzte die Gewitterziege los.

„Sie sind bei rot über die Ampel gefahren!" „Sind sie blind?", ereiferte sie sich in einem schrill, nervigen Ton.

„Ja, ich bin blind, deswegen habe ich ja auch immer noch meinen Führerschein." Ellen schrie ihre Wut nur so heraus. Speicheltröpfchen trafen den Blazer der Gewitterziege, und Ellen freute sich darüber.

„Na, das ist ja wohl ein Fall für die Polizei.", schrillte die Gewitterziege zurück, zückte ihr Handy und wischte mit dem Handrücken der anderen Hand über ihren Blazer in Altrosa und verschmierte die Speicheltröpfchen darauf.

Mist, dachte Ellen hinterhältig, hätte ich nur vorhin etwas gegessen, was jetzt Flecken hinterlassen hätte. Sie grinste hämisch.

Ellen ging zurück zu ihrem Wagen, öffnete die Beifahrertür und fischte ihr Handy aus ihrer Handtasche.

Sie musste unbedingt Marko erreichen.

So aufgeregt, wie der gewesen war, musste sie ihn unverzüglich unterrichten, was geschehen war und, dass sie nicht kommen konnte.

Sie mussten ihr Treffen auf später verschieben.

Sie wählte seine Nummer und wurde über eine Computerstimme darüber unterrichtet, dass er im Moment nicht erreichbar war.

Mist, verdammter!

Anschließend versuchte sie, Ihren Mann zu erreichen, der zu einem mehrtägigen Kongress gereist war. Auch der konnte oder wollte nicht an sein Handy gehen.

Nun meldete sich die Gewitterziege wieder zu Wort: „Die Polizei sollte in einer halben Stunde da sein."

„Na prima.", murmelte Ellen, wandte sich ihrem Kofferraum zu, um das Warndreieck zu entnehmen und sachgemäß auf der Straße aufzubauen.

Seit Tagen streifte er nun schon durch Wassenberg. Verschwitzt, stinkend, schmutzig.

Er war nicht mehr auf der Arbeit erschienen. Sein Chef hatte mehrfach versucht, ihn zu erreichen, aber er ging einfach nicht mehr an sein Handy.

Alles war aus den Fugen geraten, er steuerte auf eine Katastrophe zu, die nicht mehr aufzuhalten war, so schien es ihm.

Was sollte er tun?

Er war absolut ratlos.

Vielleicht konnte ihm seine Schwester helfen? Sie hatte bestimmt eine Idee.

Möglicherweise konnte er sich auch ins Ausland absetzen mit finanzieller Unterstützung von Ellen.

Schließlich war das alles wegen ihr - Ellen - geschehen.

Was er getan hatte, musste getan werden zu ihrem Schutz, zu ihrem Besten, damit sie, Ellen, glücklich werden konnte.

Ein bisschen Geld hatte er, den Rest musste sie ihm zusteuern. Das hatte er sich, nach allem was geschehen war verdient.

Also hatte er sie angeschrieben und um ein Treffen gebeten. Auf ihr Handy selbstverständlich, in der Hoffnung, dass ihr Mann, dieser Idiot, davon nichts mitbekommen würde.

Direkt nachdem er mit ihr geschrieben hatte, war er zu ihrem Treffpunkt aufgebrochen. Die Lösung all seiner Probleme war zum Greifen nahe.

Auf dem Weg dorthin musste er an Jennifer denken und daran, wie glücklich sie gewesen waren.

Auch sie hatte er versucht, zu beschützen, vor allen, die ihr Übel wollten. Angefangen bei ihrem Vergewaltiger.

Aber, hatte sie es ihm gedankt?

Natürlich nicht!

Wie hatte er auch annehmen können, dass sie anders war.

Er hatte sich in ihre Verletzlichkeit und ihre Schönheit verliebt.

Und am Anfang lief es auch fantastisch zwischen ihnen.

Nachdem er bei ihren Eltern gewesen war, weil er wissen wollte, wie es ihr ergangen war, hatte er ein mehr als gutes Gefühl, was sie beide anging.

Eigentlich hatte er gehofft, sie würde sich melden, wenn sie so weit war.

So war es jedenfalls verabredet gewesen. Er hatte geglaubt, sie würde sich einige Zeit ihre Wunden lecken, und dann meldete sie sich schon.

Als dies nicht geschah, sah er sich gezwungen, den ersten Schritt zu tun, wollte er sie wiedersehen. Also hatte er sie angerufen und hatte sich mit ihr verabredet.

Was er nicht wusste, war, wie schwer sie sich tat, ihr elterliches Haus zu verlassen und den Weg in ihr altes, selbstständiges Leben zurückzufinden.

Dies offenbarte sich ihm erst, als er ihr zum zweiten Mal in seinem Leben gegenüberstand und in ihre verängstigten Augen blickte.

Er beschloss, ihr zu helfen, und nachdem er mit ihr eine kleine Runde durch den Garten gedreht hatte, verabredete er sich mit ihr für den nächsten Abend zum Essen in einem Restaurant in der Nähe. Die Erleichterung der Eltern war mit Händen greifbar. Endlich ging es aufwärts.

Am nächsten Abend holte er sie mit seinem kleinen, alten Auto ab.

Über Stunden saßen sie zusammen in diesem schicken italienischen Restaurant, welches sie ausgewählt hatte, und dessen Rechnung er niemals würde begleichen können.

Glücklicherweise war im Vorfeld besprochen worden, dass ihr Vater dies übernehmen sollte, als Zeichen seiner Dankbarkeit.

Sie redeten den ganzen Abend, und ihm war es noch niemals so leicht gefallen, mit einer anderen Person als seiner Schwester über seine Kindheit und Jugend zu sprechen.

Sie drückte ihr Entsetzen und Mitgefühl aus, aber auch Bewunderung dafür, dass er sein Leben trotzdem erfolgreich meisterte.

Und es verfehlte seine Wirkung auf sie nicht.

Wenn er es schaffte, mit solchen Erfahrungen sein Leben zu leben, dann sollte ihr das doch auch gelingen.

An diesem Abend küssten sie sich zum ersten Mal, als er sie vor ihrem Elternhaus absetzte.

Marko fühlte sich wie im siebten Himmel. Er hörte die Engel Geige spielen.

Sie kam wie verwandelt von diesem Abend zurück und ihr Vater beglückwünschte sich selbst für das gut angelegte Geld an diesem Abend.

Es hätte so schön sein können mit ihr.

Aber mit der Zeit entpuppte sie sich als undankbares Miststück.

Na ja, sie hatte ihre Strafe bekommen und ein süffisantes Lächeln umspielte seine Lippen.

Ein Ausdruck innerer Genugtuung legte sich auf sein Gesicht, als er sich seinem Ziel näherte.

Kapitel 17

Als sie bei Familie Tschipkowitz ankamen, die in direkter Nachbarschaft zum Gondelweiher wohnten, wurden sie schon erwartet. Ein junger Mann, vermutlich der Familienvater und der Herr, der sie kontaktiert hatte, öffnete ihnen bereits die Tür, da hatten sie den Wagen noch nicht abgestellt.

Als sie den Hausflur betraten, erfuhren sie, dass sie mit ihrer Vermutung richtig lagen.

Herr Tschipkowitz führte sie in die Küche, in der drei Kinder zwischen fünf und acht Jahren auf einer Eckbank an einem Tisch saßen.

Sie ließen alle drei die Köpfe hängen.

Oje, die Schelte hatte es augenscheinlich schon gegeben, dachte Fiona beim Anblick des personifizierten schlechten Gewissens in dreifacher Ausführung.

„Mein Name ist Hanno Richter, und dies hier ist meine Kollegin Fiona Kirchner." Sie zückten gleichzeitig ihre Dienstausweise.

„Mein Name ist Klaus Tschipkowitz, und dies hier sind die drei Übeltäter."

„Klaus! Bitte!" Eine Frau betrat die Küche.

Sie sah bildhübsch aus, war aber ein bisschen gammelig. Offensichtlich blieb ihr mit Mann und drei Kindern wenig Zeit für sich.

„Mein Name ist Beate Tschipkowitz.", stellte sie sich vor.

„Unsere Kinder haben das Handy gefunden. Deswegen hat mein Mann sie angerufen. Er tut so, als hätten unsere Kinder ein Verbrechen begangen." „Dabei haben sie es nur gefunden.", fügte sie ärgerlich hinzu.

„Und behalten!", ging Klaus Tschipkowitz in aller Schärfe dazwischen und bedachte seine Frau mit einem wütenden Blick.

Wie konnte sie ihm nur so in den Rücken fallen!?!

Na warte! Frau! Das hat ein Nachspiel!

Hanno blickte von Herrn Tschipkowitz zu Frau Tschipkowitz und wieder zurück. Dabei registrierte er, wie die Frau in sich zusammensackte und blass und still wurde.

„Sie haben damit rumgespielt und Fotos von einer Frau in eindeutiger Pose gefunden. Außerdem war sie nackt!" „Wenn ich sie nicht zufällig damit erwischt hätte, hätten sie das Handy behalten.", stieß er hervor.

Fiona war kurz davor, die Augen zu verdrehen, also riss Hanno wieder das Wort an sich. „Wir sind sehr froh darüber, dass ihre Kinder das gemacht haben, sonst wären wir jetzt nicht hier und müssten auf diesen wichtigen Hinweis verzichten.", versuchte er, die Situation zu entschärfen.

„Ich würde ihre Kinder jetzt gerne dazu befragen, wo sie das Handy gefunden haben? Ist das möglich, ohne dass sie jedes Mal dazwischen gehen?" Hanno warf einen ernsten Blick auf Herrn Tschipkowitz.

„Ja, ja. Schon gut!", schnaubte dieser.

Hoffentlich mussten das nicht die Kinder ausbaden, wenn sie weg waren, dachte Fiona.

„Also?" „Könnt ihr mir sagen, wo ihr das Handy gefunden habt?", richtete Hanno das Wort an die Kinder, die ihn jetzt zum ersten Mal ansahen. Sie schauten ihm alle drei nicht in die Augen, sondern an einen Punkt ungefähr auf Kehlkopfhöhe. Na, die Drei hatten schon gelernt, wie man sich unsichtbar machte. Sehr bedenklich, fand Fiona. Ob man da mal beim Jugendamt nachhaken sollte? Fragte sie sich.

„Auf dem Parkplatz bei Tante Lucie, wenn man da über die Straße geht, da an dem Fahrradweg.", antwortete Jonas, der Mittlere der Drei. Er schien so etwas wie der Rädelsführer der Drei zu sein.

Je länger er sprach, desto forscher wurde er.

Sein Vater beobachtete ihn misstrauisch.

Das Handy, welches auf dem Tisch lag, nahm Fiona mit Hilfe eines Beweismittelbeutels an sich, um keine weiteren Fingerabdrücke zu hinterlassen.

„Habt ihr alle drei das Handy angefasst?", erkundigte sie sich freundlich bei den Dreien.

„Nein, nur Jonas.", antwortete die fünfjährige Emma und erntete einen Seitenhieb mit dem Ellenbogen von ihrem größeren Bruder.

„Das war sehr gut, dass ihr das Handy mitgebracht habt. Das hilft uns sehr." Hanno bedachte die Drei mit einem Lächeln.

Insgeheim hoffte er, dem Vater so den Wind aus den Segeln zu nehmen. Er wollte nicht, dass die Kinder und auch die Ehefrau Repressalien des Vaters fürchten mussten.

Die Kinder strahlten ihn um die Wette voller Stolz an. Jede Anerkennung, die ihnen zuteilwurde, saugten sie auf wie einen Schwamm.

Sie verabschiedeten sich von Familie Tschipkowitz und gingen zum Auto.

Fiona warf Hanno die Schlüssel zu. „Du fährst!"

Sie bestiegen den Wagen, und Hanno fuhr los.

Fiona klickte sich derweil durch den Beweismittelbeutel hindurch zur Fotogalerie, um einen ersten Eindruck zu bekommen. Die Tote hatte immer wieder ein bestimmtes Paar fotografiert und dann eine Frau mit blauen Flecken am ganzen Körper.

Dann ging sie die Kontaktliste durch.

Es half nichts. Die mussten sie alle aufsuchen, wollten sie mehr über die Besitzerin des Handys herausfinden. Zumindest konnten sie mit Hilfe des Telefons die Mobilfunknummer herausfinden und damit den Namen der Besitzerin.

Bis jetzt wussten sie noch gar nicht sicher, ob dieses Telefon ihrem zweiten Opfer gehört hatte. Das würden sie aber nun herausfinden.

Fiona tippte ihre Nummer in das herrenlose Handy und nahm pro forma auf ihrem eigenen Handy den Anruf entgegen. Sie speicherte die Nummer auf ihrem Handy ab und schickte sie direkt weiter zur Kriminaltechnik. Diese unterrichtete sie daraufhin telefonisch darüber, woher sie das Handy hatten und was sie von ihnen wollte.

Es dauerte nicht lange, da erhielt sie auch schon den Rückruf von der Kriminaltechnik. Sie erhielten Namen und Adresse von Opfer Nummer zwei. Sie hieß Miriam Göddecke und wohnte in der Bahnhofstraße zwanzig.

Sie teilte Hanno die Adresse mit, die nicht weit weg von ihrem derzeitigen Aufenthaltsort lag. Hanno setzte sich wie selbstverständlich auf den Fahrersitz, was von Fiona mit einem Augenrollen quittiert wurde.

Sie fügte sich allerdings in ihr Schicksal und nahm als Beifahrer platz.

Sie befuhren die Straße am Wehrturm, die am Gondelweiher vorbei führte und an deren Ende weiter geradeaus durch das Küstersgäschen, durch den Kreisverkehr hindurch in die Bahnhofstraße hinein. Vor Hausnummer zwanzig parkten sie das Auto und stellten fest, dass ihre Fahrtzeit knappe fünf Minuten gedauert hatte.

Unterwegs im Auto hatten sie den Wohnungseigentümer, einen Herrn Janssen, ermittelt und ihn davon unterrichtet, dass er bitte zu seiner Wohnung auf der Bahnhofstraße zwanzig mit einem Wohnungsschlüssel erscheinen sollte, da die Polizei dringend Zugang zu dieser Wohnung brauchte.

Fiona informierte ihn auch darüber, dass sie sich bei Nichterscheinen nötigenfalls anderweitig Zutritt verschafften, denn wie schon erwähnt, es sei außerordentlich dringend.

Herr Janssen versprach, so schnell wie möglich an Ort und Stelle zu sein.

Nun standen sie hier vor Bahnhofstraße zwanzig, allein zu zweit und eine unangenehme Stille breitete sich zwischen ihnen aus. Die Spannung, die zwischen ihnen herrschte, war mit Händen greifbar. Wenn sie nicht bald ein wirklich klärendes Gespräch führten, entlud sich diese Spannung in einem wilden, zerstörerischen Unwetter mit grellen Blitzen und ohrenbetäubendem Donner.

Aber was sollte Hanno tun? Fiona wich ihm immerzu aus.

So wie gerade jetzt. Sie lief um das Haus herum und tat so, als sondiere sie die Lage.

Er, Hanno, wusste ganz genau, sie wollte ihm keine Gelegenheit geben, ihre anstehende Aussprache wieder zum Thema zu machen. Zugegebenermaßen war dies jetzt nicht der günstigste Augenblick, um solch ein Gespräch zu führen, aber wusste er, ob noch ein besserer kommen sollte.

Er war entschlossen jede Gelegenheit zu nutzen. Denn das Gewitter, dass sich über ihnen zusammenbraute wollte er nicht erleben.

„Fiona? Können wir noch mal auf unser Thema zurückkommen?" Hanno stellte sich Fiona bewusst in den Weg.

„Thema? Ich weiß nicht, was du meinst." Fiona stellte sich dumm. Auch eine Strategie.

„Wir wollten und sollten uns aussprechen. Erinnerst du dich? Der laufenden Ermittlung zu Liebe wollten wir die Spannungen, die zwischen uns herrschen, ausmerzen." Hanno näherte sich Fiona. Anscheinend war das für Fiona schon zu viel Nähe. Sie wich zurück und schaute ihn dabei an.

Als sei dies Erklärung genug.

Hanno ließ sich so leicht nicht abschütteln. Er ging ihr nach, um die ursprüngliche Nähe beizubehalten und um Fiona zu signalisieren, dass er sich so leicht nicht würde abschütteln lassen.

Ein ärgerlicher Ausdruck legte sich auf Fionas Gesicht.

Jemand, der ihnen mit Distanz zugesehen hätte, wäre sicher dem Trugschluss erlegen, einem intimen Tanz zwischen den beiden beizuwohnen. Dies hätte Fiona niemals zugegeben, dass eine engere Bindung zu ihrem Kollegen bestand, als ihr bewusst war.

Das Zuschlagen einer Autotür beendete abrupt den stummen Machtkampf zwischen den beiden.

„Sind sie die Herrschaften von der Polizei?", erkundigte sich der Herr, der auf Fiona und Hanno schnellen Schrittes zukam.

„Herr Janssen?" Fiona hielt ihm ihre Hand hin und der ärgerliche Zug in ihrem Gesicht wechselte zu freundlich fragend.

„Ja, der bin ich." Herr Janssen ergriff Fionas Hand und schüttelte sie. Dann wandte er sich Hanno zu, um diesen per Handschlag zu begrüßen.

Fiona übernahm es, Hanno und sich vorzustellen und ihr Anliegen vorzubringen.

„Ich habe einen Schlüssel mitgebracht, muss sie allerdings bitten, mir die Herausgabe irgendwie zu quittieren. Außerdem muss ich sie um ihre Dienstausweise bitten. Man hört ja heutzutage so schräge Geschichten. Da bitte ich sie um Verständnis." Herr Janssen blickte freundlich von einem zum anderen.

„Kein Problem! Die Quittung bekommen sie. Und hier ist mein Dienstausweis." Fiona streckte ihm ihren hin.

Herr Janssen betrachtete ihn eingehend und prüfte auch Hannos.

Nach Erhalt der Quittung gab er den Schlüssel heraus. Dann verabschiedete er sich und fuhr wieder davon.

Fiona erleichtert, dass sie sich in diesem Moment nicht mehr mit Hanno auseinandersetzen musste, steckte den Schlüssel ins Schloss und öffnete die Tür.

Sie betraten die kleine Zweizimmer-Wohnung einer ganz normalen jungen Frau. Küche, Wohnzimmer und Schlafzimmer waren spärlich, aber zweckmäßig eingerichtet. Der größte Anteil der Einrichtungsgegenstände als auch der Dekoration stammten von Ikea. Ein kleiner Flur und ein kleines Bad mit Dusche komplettierten die Erstwohnung einer Fünfundzwanzigjährigen. An der Flurwand hingen gerahmte Fotografien von Freunden und Familie.

Hanno machte sich daran, sie zu betrachten, während Fiona den Anrufbeantworter überprüfte und die Anrufliste des Festnetztelefons. Sie notierte sich drei Telefonnummern, die in der Liste der eingegangenen Anrufe festgehalten waren. Als sie die Liste der ausgegangenen Anrufe aufrief, stutzte sie. Offensichtlich hatte Miriam Göddecke in der vergangenen Woche ein und die gleiche Telefonnummer jeden Tag mindestens dreimal angerufen. Sie musste unbedingt in Erfahrung bringen, wem diese so oft gewählte und unbeantwortete

Nummer gehörte. Sie kontaktierte Jürgen Ott und beauftragte ihn damit, herauszufinden, zu wem diese Telefonnummern gehörten.

Plötzlich hatte Fiona das Gefühl, keine Zeit mehr zu haben, deshalb trieb sie Jürgen zur Eile an.

Hektisch betrat sie das Wohnzimmer.

Hier warf sie zunächst einen Blick in alle Schränke.

Elektronische Geräte wie Digitalkamera und Laptop sammelte sie ein.

Damit würden sie sich im Kommissariat beschäftigen müssen, dazu hatten sie hier keine Zeit.

Hanno wechselte vom Flur ins Schlafzimmer. Auch hier fand er gerahmte Fotografien an den Wänden. Er betrachtete eine nach der anderen, arbeitete sich von links nach rechts meanderförmig durch. Etwa in der Mitte der Fotobahn hielt er inne.

Das gibt´s doch nicht! Schoss es ihm durch den Kopf! Konnte das die Möglichkeit sein? Konnte das ihr Durchbruch sein?

Aufgeregt rief er nach Fiona.

Die eilte im Laufschritt herbei.

„Was gibt`s? Du klingst so aufgeregt." Fionas Stimme hatte einen schrillen Unterton.

„Sieh dir mal dieses Foto an. Was fällt dir daran auf?" Hanno zeigte auf das Foto an der Wand.

„Kann es sein, dass diese Person im Hintergrund Ellen Rose ist?" Fiona zeigte auf eine Frau, die hinter einer Gruppe von Frauen herging. Das Foto schien am Birgelener Pützchen aufgenommen zu sein, denn die vierköpfige Frauengruppe hatte sich davor postiert, um von einer fünften Person fotografiert zu werden. Ellen Rose verließ im Hintergrund zusammen mit einer männlichen Person die kleine Kapelle, die mitten im Wassenberger Wald lag.

„Das nehmen wir mit. Wir müssen jetzt unbedingt zu den Roses, um zu erfahren, wer dieser Mann ist, der mit ihr die Kapelle verlässt. Möglicherweise hat der gar nichts mit unserem Fall zu tun." „Aber man weiß ja nie.", sinnierte Fiona.

„O.K. Ich rufe sie an, um zu erfahren, wo sie sich derzeit aufhält." „Dann können wir das direkt erledigen.", erbot sich Hanno und wandte sich zum Telefonieren um.

Fionas Handy klingelte. Sie nahm das Gespräch entgegen und vernahm Jürgens Stimme.

„Das ging ja schnell!", begrüßte sie ihn.

„Hast du was zu schreiben?", erkundigte dieser sich.

Fiona beförderte aus ihrer Handtasche einen Kugelschreiber zu Tage, was einige Zeit in Anspruch nahm und sie ungeduldig Aufseufzen ließ. Als Unterlage musste kurzerhand ihre Handinnenfläche herhalten.

„Ich bin startklar!" „Leg los, Jürgen!", forderte sie ihn auf.

„Die Telefonnummer, die von diesem Festnetzanschluss so häufig angerufen wurde, stammt von einer gewissen Jennifer Schwartz. Zwei der eingehenden Nummern sind jeweils Handynummern von ihrer Mutter und ihrem Vater. Die dritte Nummer ist von einem gewissen Marko von der Loo. Und jetzt kommt das Interessante. Ich habe ein paar Erkundigungen über diesen Marko von der Loo eingeholt. Jetzt halt dich fest!" „Dabei handelt es sich um den Bruder von Ellen Rose.", ließ Jürgen die Bombe platzen.

Schweigen in der Leitung!

„Fiona bist du noch dran?", erkundigte Jürgen sich aufgeregt.

„Ja Jürgen, ich bin hier. Das sind sehr interessante
Neuigkeiten. Es sieht immer mehr danach aus, als wenn
der Schlüssel zu unserer Geschichte bei Ellen Rose zu
suchen ist. Kannst du mir die Adresse von diesem
Marko von der Loo per WhatsApp schicken? Und versuche, noch etwas mehr über die beiden herauszufinden." „Sehr gut gemacht!", lobte sie ihn.

Kapitel 18

Über eine Stunde hatte er auf seine Schwester gewartet.
Vergeblich!

Über eine Stunde war er wie ein wilder Stier an der
Brüstung am Bergfried auf und abgelaufen, hatte
geschnaubt, hatte vor die Brüstung getreten.

Nichts hatte seine Wut lindern können.

Nach einer Stunde war er gegangen.

Nur wohin sollte er jetzt?

Er musste dringend verschwinden.

Verzweifelt warf er einen Blick auf sein Handy. Er hatte
Schwierigkeiten, es festzuhalten, seine Hände waren
schweißnass und zitterten. Erst jetzt bemerkte er
mindestens sechs Anrufe in Abwesenheit. Alle von
Ellen! Na, die kann was erleben!

Er wählte ihre Nummer.

„Hallo Marko! Endlich rufst du zurück!"

Ohne ihr weiter zuzuhören, schnitt er ihr das Wort ab.
„Wo warst du?" „Weißt du eigentlich, was hier los
ist?", schrie er sie an, und zwar so laut, dass das die

umstehenden Passanten und der Polizist, der sie gerade zum Unfallhergang befragt hatte, sie ganz befremdet ansahen. Sie entfernte sich einige Meter, damit niemand ihre Antworten mithören konnten.

„Jetzt beruhige dich doch erst mal." „Was ist denn los mit dir?", versuchte sie zwischen das Geschrei ihres Bruders zu kommen.

„Ich brauche Geld! Soviel, wie du auftreiben kannst! Ich muss von hier verschwinden. Ich kann nicht hier bleiben. Nach allem, was geschehen ist. Das musst du verstehen, Ellen! Bringe mir das Geld! Morgen 17 Uhr zum Bergfried!" Es klang, als würde Marko in das Telefon hyperventilieren, so schnell hechelte er seine Anweisungen in den Hörer.

„Aber wo soll ich denn Geld hernehmen? Du weißt genau, dass das nicht geht. Was ist denn überhaupt passiert?" Sie bekam keine Antwort mehr. Marko hatte schon aufgelegt.

Vollkommen verwirrt und beunruhigt ging sie zum Unfallort und zu dem Polizisten zurück, der ihre Angelegenheit bearbeitete.

Was sollte sie nur tun?

Wenn sie ihren Mann Jens informierte, der würde sofort die Polizei einschalten. Er hatte sich drei Tage zuvor dahingehend geäußert, dass ihr Bruder in eine geschlossene psychiatrische Einrichtung gehörte und dass man ihn zwangseinweisen müsse.

Das wollte sie ihrem Bruder auf gar keinen Fall antun.

Es musste eine andere Lösung geben!

Er hatte die ständigen Misshandlungen und Erniedrigungen der Mutter und all der Männer, die ihre Mutter immerzu in ihr Bett und in ihr Leben gelassen hatte, nicht aushalten können. Schutzlos waren sie beide dem ausgesetzt gewesen.

Ihre Mutter, die sie hätte beschützen müssen, wandte den Geschehnissen und ihren beiden Kindern den Rücken zu und verschloss Augen und Ohren.

Als es ihnen dann endlich bei ihrer Pflegefamilie besser ging, kam die Sache mit King, dem Hund, den Marko über alles geliebt hatte.

Gerade hatte Marko sich gefangen. Er hatte sowohl in der Familie als auch in der neuen Schule Fuß gefasst, als King gesteinigt worden war, von zwei Jungen aus der Nachbarschaft.

Marko war nicht zu bändigen gewesen. Er war den beiden Jungen hinterhergelaufen und hatte sie ebenfalls mit Steinen beworfen.

Es hatte nicht lange gedauert, da standen die Väter der beiden Jungen auf der Matte und hatten den Pflegeeltern mitgeteilt, dass sie Anzeige wegen Körperverletzung erstattet hatten.

Der Pflegevater hatte nur müde genickt. Auch ihm war Kings Tod sehr nahe gegangen.

Sie schalteten einen Anwalt ein. Es kam zum Prozess vor dem Jugendgericht.

Marko hatte Sozialstunden abzuleisten.

Die beiden Jungen kamen ungeschoren davon.

Zwar hielt der Jugendrichter ihnen eine Standpauke, dass sie Glück hatten, dass ein Hund rein juristisch eine Sache und dies der einzige Grund sei, weswegen sie ungestraft davonkamen. Der materielle Schaden musste natürlich ersetzt werden.

Aber davon wurde King nicht wieder lebendig.

Als die Verhandlung geendet hatte und sie den Gerichtssaal verließen, liefen die Familien der Steiniger freudestrahlend an ihnen vorbei. Die beiden Jungen lachten ihn provozierend an.

Seit diesem Vorfall konnte Marko seine Wut kaum mehr bezwingen.

Seine Pflegeeltern versuchten alles, um ihm Ventile zu liefern. Unter anderem meldeten sie ihn beim nahegelegenen Hückelhovener Boxklub an.

Danach wurde es etwas besser. Aber nur weil Marko nun eine Möglichkeit sah, wie er andere Leute vermöbeln konnte.

„Hallo? Ist ihnen nicht gut?" Der Polizist, seinen Namen hatte sie mittlerweile schon wieder vergessen, hatte ihr eine Hand auf die Schulter gelegt und riss sie aus ihren Gedanken.

Er hielt ihr den Unfallmeldebogen entgegen. „Sie hören von uns als Unfallverursacher."

Sie nahm das Blatt Papier an sich und verstaute es in ihrer Handtasche.

Sie ging zu ihrem Wagen, stieg ein und fuhr grußlos davon. Alle Beteiligten auf der Straße sahen ihr verwundert nach.

Derweil überlegte Ellen fieberhaft, wie sie an möglichst viel Bargeld kommen konnte, ohne dass ihr Mann ihr vorher einen Strich durch die Rechnung machen konnte. Was hinterher geschah, war ihr egal. Aber auf keinen Fall durfte er vorher Wind von der Sache bekommen.

Sie wusste zwar nicht, was Markos Problem war. Aber sie war es ihm schuldig, ihm in dieser Situation beizustehen. Sie machte sich auf den Weg zur Bank, um

Geld abzuheben. So viel eben nötig war, damit Marko erst einmal über die Runden kam. Fehlende zehntausend Euro würden Jens nicht so schnell auffallen.

Wohin sollte er jetzt gehen? Wo sollte er die Nacht verbringen? Je mehr er darüber nachdachte, desto besser gefiel ihm die Idee, sich jetzt schon auf den Weg, zu Ellen zu machen und bei ihr zu übernachten. Am nächsten Tag könnten sie dann gemeinsam überlegen, wie sie genügend Geld auftreiben konnten und sein Verschwinden organisieren.

Jens musste von der ganzen Angelegenheit nichts mitbekommen.

Er konnte in der Garage oder im Gartenhaus übernachten, und sobald Jens das Haus verließ, um zur Arbeit zu fahren, hatten sie Zeit, das Nötige zu erledigen. Etwas Zuversicht schlich sich in seine Gedanken. Und so machte er sich zu Fuß auf den Weg nach Erkelenz.

„Wollen wir nicht zusammenziehen? Jennifer bitte." Marko blickte ihr liebevoll in die Augen.

„Geht das nicht alles ein bisschen schnell?" Jennifer hatte Zweifel.

Sie war verliebt in Marko keine Frage, aber reichte das aus für eine gemeinsame Zukunft. Hatte sie sich nur in ihn verliebt, weil er sie gerettet hatte? Oder liebte sie ihn wirklich? Irgendetwas fühlte sich nicht richtig an, aber dann wieder fühlte sie sich so geborgen und beschützt bei ihm.

Vielleicht war es das Beste, sie stimmte seinem Vorschlag zu. Dann konnten sie ganz sicher herausfinden, ob es zwischen ihnen passte oder nicht.

Er hatte den Mietvertrag schon mitgebracht. Sie sollte ihn quasi sofort unterschreiben.

„Darf ich mir die Wohnung denn vorher wenigstens einmal ansehen?" „Ich habe sie nicht mal gesehen.", beschwerte sie sich bei ihm.

„Das brauchst du nicht. Ich habe sie mir angesehen. Sie ist wunderhübsch geschnitten. Wohnküche, Schlafzimmer, Bad und ein extra Zimmer. Genau die richtige Größe für uns." „Was meinst du?", bedrängte er sie weiter.

Na ja, es wird nicht für die Ewigkeit sein, dachte sie. Was soll's, wenn die Wohnung nichts war, konnten sie immer noch umziehen.

Also unterschrieb sie den Mietvertrag, ohne die Wohnung gesehen zu haben.

An einem ersten Mai bekamen sie die Wohnungsschlüssel.

Das war auch der Tag, an dem sie zum ersten Mal überhaupt die Wohnung betrat.

Ihre eigene Wohnung hatte sie bisher noch nicht gekündigt. Sie musste ja irgendwohin mit ihren Möbeln, hatte sie ihm glaubhaft versichert. Marko hatte dagegen gehalten, sie könne ihre Möbel doch solange bei ihren Eltern unterstellen. Doch je näher der Tag rückte, an dem sie zusammenzuziehen geplant hatten, desto erleichterter war sie, dass es diese Wohnung noch gab. Das war ihr Rückzugsort, ihr sicheres Refugium. Denn manchmal legte Marko Verhaltensweisen an den Tag, die sie nur schwer ertrug.

Seine Eifer- und Kontrollsucht machten sie so manches Mal schier wahnsinnig. Er konnte nicht akzeptieren, dass sie nicht sein Eigentum war.

Dann rief sie sich wieder in Erinnerung, was er für sie getan hatte. Und wie es ihm in seinem Leben bisher ergangen war. Und dann ließ sie ihn gewähren.

Ein Mal hatte sie nach der Arbeit ihre Freundin Miriam Göddecke getroffen, als sie auf dem Weg zu ihrem Auto war, das sie auf dem Parkplatz am Patersgraben geparkt hatte. Spontan hatten sie beschlossen, ein Eis essen zu gehen.

Sie fuhren zusammen in Jennifers Auto zum Eiscafé. Sie verabredeten, dass Jennifer sie anschließend wieder in die Unterstadt zurückbringen würde.

Sie unterhielten sich lange darüber, wie es ihnen beiden ergangen war in den vergangenen Monaten. Vor dem sexuellen Übergriff auf Jennifer hatten sie sich das letzte Mal gesehen, und das war jetzt Monate her gewesen.

Davor waren sie sehr gut befreundet gewesen. Sie hatten täglich WhatsApp Nachrichten ausgetauscht und sich wöchentlich gesehen.

Das war alles vollkommen untergegangen in den vergangenen Monaten. Die Ursache konnten beide nicht benennen, aber zukünftig sollte es wieder anders werden.

Nach zwei Stunden brachte Jennifer Miriam wieder zu ihrem Wagen zurück und machte sich auf den Heimweg.

Sie hatte gerade das Auto an der gemeinsamen Wohnung abgestellt und kramte in ihrer Handtasche auf der Suche nach ihrem Handy, um neue Nachrichten zu checken, als die Fahrertür ihres Wagens aufgerissen und sie herausgezerrt wurde. Die Erinnerungen an den Überfall preschten vor in ihr Gehirn und lähmten sie vor

Schreck. Sie nahm Markos schreiende Stimme wahr, konnte aber nicht verstehen, was er sagte. Das verhinderte das laute Rauschen in ihren Ohren und das heftige Wummern ihres Herzschlags in ihrem Brustkorb.

„Wo warst du?", schrie er sie an und zerrte an ihr, bis sie gegen ihr Auto gelehnt dastand, unfähig sich selbstständig zu bewegen.

„Antworte mir! Wo warst du?"

Allmählich drang Markos Stimme an ihr Ohr. Ihr Beschützer und sein Anblick, verdrängte die Erinnerung an ihren damaligen Angreifer.

Vor Erleichterung versuchte sie sich, an ihn zu drücken, aber er hielt sie auf Abstand. „Antworte mir! Wo warst du?", wiederholte er seine Frage zum dritten Mal.

Sie fing an zu weinen. „Ich war doch nur mit Miriam ein Eis essen, bei Eiscafé Kohlen.", schluchzte sie hysterisch von all den Emotionen, die auf sie eingestürmt waren.

„Kannst du mir nicht Bescheid geben? Ich habe mir solche Sorgen gemacht." „Kannst du das nicht verstehen?", brüllte er sie an, drehte sich um und verschwand im Haus.

Sie glitt an der Karosserie ihres Wagens hinab und musste sich auf dem Boden sitzend von dem Schock, den Marko ihr versetzt hatte, erst einmal erholen..

Kapitel 19

So schnell sie konnten, fuhren sie nach Erkelenz, um dort Ellen Rose zu treffen. Mehrfach hatten sie versucht, sie telefonisch zu erreichen. Es war aber entweder besetzt, oder sie ging nicht an ihr Telefon.

Als sie auf den Garagenvorplatz einfuhren, erwischten sie Ellen gerade dabei, wie sie eine gut gefüllte Sporttasche aus dem Kofferraum ihres ziemlich zerblötschten Autos hievte.

Fiona und Hanno verließen den Wagen und gingen auf sie zu.

„Hallo, Frau Rose! Wir hätten noch ein paar Fragen an sie." „Können wir kurz reinkommen?", sprach Hanno sie an.

Ellen Rose warf einen Blick auf ihre Sporttasche und schaute dann Fiona an.

„Kann ich ihnen die ins Haus tragen, sie scheint schwer zu sein?", erbot sich Hanno.

„Nein, nein nicht nötig! Das geht schon! Kommen sie mit!", Ellen Rose steuerte auf ihre Haustür zu.

„Was gibt es denn? Ist es sehr dringend? Denn eigentlich passt es gerade ganz schlecht. Ich müsste noch etwas erledigen, das ich nicht lange aufschieben kann. Wenn sie morgen...?" Nervös strich sie sich mit einer Hand über die Stirn.

„Nein, so lange hat unsere Angelegenheit keine Zeit. Es wird auch nicht lange dauern." Fiona wurde ungeduldig.

Mittlerweile hatten sie die Eingangstür erreicht. Ellen Rose stellte die Sporttasche vor sich auf den Stufen ab, dabei klaffte sie ein klein wenig auseinander, so dass Hanno, der direkt hinter Frau Rose stand, einen klaren Blick auf das in der Sporttasche befindliche Geld werfen konnte. Er hob eine Augenbraue.

„Wofür brauchen sie denn eine Sporttasche voller Geld?", fragte er ihren Rücken und warf Fiona einen bedeutsamen Blick zu.

Die wiederum auch ein Auge auf die Sporttasche geworfen hatte.

„Ich muss ein Geburtstagsgeschenk meines Mannes bezahlen. Es soll eine Überraschung für ihn werden."

Sie öffnete die Tür auf und bat die beiden Polizeibeamten ins Haus.

Sie hoffte, die beiden im Flur abwimmeln zu können.

Die sollten ihre Fragen stellen, und dann wollte sie ihre Ruhe haben, um nachdenken zu können.

„O.K.! Dann stellen sie ihre Fragen! Wie gesagt, ich habe nicht viel Zeit.", trieb sie Hanno und Fiona zur Eile an.

Fiona hielt ihr ein Foto unter die Nase.

„Der Mann, der mit ihnen zusammen das Birgelener Pützchen verlässt, kennen sie den?"

Fiona nahm das Foto entgegen und betrachtete es eingehend.

„Ja, das kann ich ihnen sagen. Das ist mein Bruder. Wie sind sie an dieses Foto gekommen?" Ellen runzelte die Stirn und sah von Fiona zu Hanno.

„Wissen sie, das ist eine sehr interessante Frage. Kennen sie eine Miriam Göddecke?" Hanno kniff ein Auge zusammen und beobachtete Ellen Rose genau. Ihm sollte nicht die kleinste Nuance ihrer Reaktion auf diese Frage entgehen.

Ellen Rose überlegte kurz und fuhr sich mit den Händen durchs Haar.

„Nein. Der Name sagt mir nichts." So wie es aussah, sprach sie hier die Wahrheit, vermutete Hanno.

Fiona hielt ihr ein weiteres Foto hin.

Ellen Rose nahm es wieder entgegen und betrachtete es.

Diesmal ließ Fiona sie nicht aus den Augen, damit ihr nicht die geringste Reaktion entging.

Ellen verneinte ihre Frage, aber das nervöse Zucken unterhalb ihres rechten Augenlides war Fiona nicht entgangen. Warum log Ellen Rose sie an?

Dafür konnte es nur einen Grund geben.

Sie kannte zwar den Namen Miriam Göddecke nicht, aber die Person hatte sie schon einmal gesehen. Und zwar im Umfeld ihres Bruders, vermutete Fiona.

Als sie nun den Namen zu der Person auf den Fotos gehört hatte, stellte sie blitzschnell die Verbindung zu der Ermordeten her. Hanno sah Ellen Rose an, wie es in ihr arbeitete.

Sicher hatte sie schon längst aus der Zeitung oder den sozialen Medien erfahren, dass Miriam Göddecke tot war! Ermordet! Und dass sie händeringend nach ihrem Mörder suchten.

„Vielen Dank, Frau Rose. Das war es auch schon."
Fiona nahm ihr die Fotos wieder ab.

Auch Hanno verabschiedete sich fast widerwillig von ihr.

An der Haustür wandte Fiona sich noch einmal um:" Können sie uns sagen, wo ihr Bruder sich zur Zeit aufhält?" Aufmerksam blickte Fiona Ellen Rose an.

Auch Hanno drehte sich um, um ihre Reaktion zu erfassen.

Verdutzt blieb Ellen Rose stehen. Man sah ihr ihre Unschlüssigkeit an, ob sie den Polizeibeamten die gewünschte Auskunft geben sollte oder nicht. Irgendetwas stimmte mit ihrem Bruder nicht. Bevor sie nicht wusste, was genau das war, entschloss sie sich, mit den beiden nicht über Marko zu reden.

„Da kann ich ihnen leider nicht weiterhelfen." Sie wollte den beiden die Tür vor der Nase zuschlagen.

Hanno hielt die Tür mit einer Hand fest und so weit geöffnet, dass man Ellen Roses Augen sehen konnte.

„Können sie uns nichts über den Aufenthaltsort ihres Bruders sagen oder wollen sie nicht.", hakte Hanno nach.

Für einen kurzen Augenblick wich sie Hannos Blick aus, dann fing sie sich wieder.

„Ich kann ihnen nicht helfen, weil ich es nicht weiß." Und das entsprach sogar der Wahrheit, dachte sie bei sich.

Fiona drehte sich um und ging. Hanno folgte ihr sichtlich unzufrieden.

Offensichtlich war er der Meinung, es stünden noch ein paar Fragen offen.

„Wollten wir nicht noch wissen, wofür sie das Geld wirklich braucht?" Hanno hatte einen leicht verdutzten Gesichtsausdruck aufgesetzt.

„Doch, natürlich wollen wir das wissen, aber das wird sie uns jetzt sicher nicht verraten. Ich sage, was wir jetzt machen. Wir informieren Jürgen, er soll herkommen und uns hier ablösen. Ellen Rose wird keinen Schritt mehr tun, ohne dass wir davon erfahren. Sie ist die Verbindung zu Miriam Göddecke und zu Hannah Wirtz. Wenn du mich fragst, hat sie gewusst, dass ihr Mann eine Affäre hatte. Jetzt wurde seine Geliebte schwanger. Das hat sie nicht länger ertragen. Ein erstklassiges Motiv für den ersten Mord. Das Motiv für den zweiten Mord werden wir schon noch herausfinden. Vielleicht sogar durch die Observation. Wenn Jürgen uns abgelöst hat, fahren wir erst einmal ins Kommissariat, um mehr über diesen Marko von der Loo in Erfahrung zu bringen."

„Zu Befehl Chef." Fiona sah Hanno schräg von der Seite an.

„Hast du eine andere Idee?", erkundigte sie sich bei ihm.

„Nein! Und du kannst sicher sein, dass ich die Zeit mit dir auf so engem Raum genießen werde." Er grinste breit, wusste er doch ganz genau, dass sie das ärgern würde. Aber er konnte einfach nicht anders.

Sie stiegen in das Auto ein und fuhren rückwärts aus der Einfahrt heraus. Dann parkten sie den Wagen auf der Straße hinter einer Reihe weiterer am Straßenrand geparkter Autos.

Hanno schaute Fiona an, die stur geradeaus aus der Windschutzscheibe starrte. Sie hatte beschlossen, Hanno einfach zu ignorieren, was nicht leicht war.

Sie spürte seine Nähe mit jeder Faser ihres Körpers. Ihre Kopfhaut begann zu kribbeln. Sie rubbelte über ihr Haar.

Hanno starrte sie weiterhin an. Ihm war durchaus bewusst, wie unangenehm die Situation für Fiona sein musste.

„Jetzt klär mich doch mal auf. Dein Ex, was war das für ein Mann?" Fiona schaute Hanno an, als wäre er geradewegs aus einer geschlossenen psychiatrischen Einrichtung geflohen.

Dann starrte sie wieder geradeaus. Er glaubte schon, er würde keine Antwort bekommen.

„Du willst wissen, was er für einer war? Das will ich dir erklären! Ein notorischer Fremdgänger, der mir und - was noch viel schwerer wiegt - meiner Tochter das Herz gebrochen hat. Eines Tages stand seine neueste Errungenschaft vor unserer Haustür und hat uns darüber aufgeklärt, dass meine Tochter ein Geschwisterchen bekommt. Carolin wusste nicht, wie sie darauf reagieren sollte. Was das überhaupt für eine Frau war. Ich hab sie rausgeschmissen. Am Abend kam er dann nach einem ach so anstrengenden Arbeitstag nach Hause. Da hab ich ihn dann konfrontiert. Er hat mir eine Ohrfeige verpasst. Ich hab zurückgeschlagen. Dann ging es erst richtig los. An den Haaren riss er mich ins Schlafzimmer und warf mich dort auf's Bett. Da hat er mich `noch ein letztes Mal genommen`, wie er sich ausdrückte. Bewegungsunfähig vor Schock hörte ich mit an, wie er seine Sachen packte. Dann gab er mir zum Abschied einen Kuss auf die Wange. `Hier war sowieso nichts mehr zu holen für mich`. Das waren seine letzten Worte. Dann ging er. Ich habe ihn nie wieder gesehen, und das ist auch gut so. So etwas macht nie wieder ein Mensch mit mir. Das habe ich mir in jener Nacht geschworen." Fiona hatte gar nicht bemerkt, dass ihr Tränen die Wangen hinab liefen.

Sie wischte über ihr Gesicht und schaute verwundert auf ihre Hand, als könnte sie sich nicht erklären, woher die Nässe kam.

Hanno schaute sie an und nahm ihre Hand. Mit der anderen wischte er ihre Tränen weg. Er wollte ihr zeigen, dass er verstand.

Ein Klopfen auf dem Autodach. Jürgens Gesicht erschien im Seitenfenster an der Fahrerseite. Fiona lehnte sich tief in den Beifahrersitz und wischte ihre Wangen trocken. Hanno beugte sich ein wenig vor, um sie zu verdecken, und betätigte den automatischen Fensterheber.

„Hier kommt die Ablöse.", verkündete Jürgen gut gelaunt.

„Hallo Jürgen, setze dich kurz hinten rein und erzähle uns, was du in Erfahrung bringen konntest über Marko von der Loo.", forderte Hanno ihn auf.

Jürgen tat, wie ihm geheißen, und setzte sich auf die Rückbank.

„Also, was hast du für uns?", wandte sich jetzt Fiona an ihn.

„Bist du erkältet, Fiona?", erkundigte er sich mitfühlend bei seiner Kollegin, weil sie irgendwie durch die Nase sprach.

„Nein, nein alles in Ordnung!" „Ein bisschen Allergie.", wich Fiona ihm aus.

Fragt sich nur, gegen was oder wen, dachte Jürgen bei sich.

„Also, wie schon am Telefon gesagt handelt es sich bei Marko von der Loo um den großen Bruder von Ellen Rose. In ihrer Kindheit hatten die beiden es wirklich nicht leicht, als sie noch bei ihrer leiblichen Mutter wohnten. Irgendwann haben die Behörden die beiden da raus geholt. Sie kamen dann zu Pflegefamilien und erhielten auch psychologische Betreuung. Ihr könnt euch also vorstellen, wie die Erlebnisse im einzelnen gewesen sein müssen. Marko von der Loo ist noch mal juristisch aufgefallen. Da war irgendeine Geschichte mit zwei Nachbarsjungen. Die Akte findet ihr im

Kommissariat. So viel Zeit hatte ich jetzt nicht, die komplett zu lesen."

„Ist schon gut!", beruhigte Hanno ihn. „Wir fahren jetzt sowieso ins Kommissariat. Dann lesen wir uns ein."

Jürgen starrte Hanno entgeistert an.

Was hatte Fiona mit dem denn angestellt? Was war der so handzahm, dachte er.

Verdattert blickte er von Hanno zu Fiona und wieder zurück.

„Hast du eine Adresse für uns?" Fiona reagierte genervt auf Jürgens Verwunderung.

„Habt ihr meinen Rat beherzigt? Gott sei Dank." Ein breites Grinsen erleuchtete Jürgens Gesicht.

„Geht doch! Seid ihr jetzt ein Paar?" Jürgen zwinkerte Fiona an, wohl wissend, dass sie seine Frage auf die Palme bringen würde.

„Die Adresse?", ging Hanno genervt dazwischen, wider Erwarten war es Hanno, der auf seine Frage emotional reagierte.

Fiona rollte lediglich die Augen, konnte ein Grinsen aber nicht unterdrücken.

Sie wandte sich allerdings ab, damit Hanno es nicht sehen konnte. Er sollte nicht erfahren, dass er dabei war, sie weich zu klopfen. Noch nicht.

Auf dem Weg ins Kommissariat sprach keiner von beiden ein Wort. Die Stille zwischen ihnen war nicht unangenehm distanziert, sondern sie fühlte sich gut und warm an wie ein stilles Einvernehmen zwischen ihnen, empfand Fiona.

Hanno blickte sie hin und wieder von der Seite an, als müsse er kontrollieren, ob sie noch an seiner Seite saß.

Im Kommissariat in Wassenberg angekommen stürzten sie sich direkt auf sämtliche Informationen, die sie zu Marko von der Loo bekommen hatten. Jürgen hatte sehr gute Arbeit geleistet. Akribisch hatte er einen Lebenslauf zusammengetragen, der sich sehen lassen konnte.

Die Adresse hatten sie auch gefunden. Die Meldestelle hatte angegeben, dass er dort mit Jennifer Schwartz zusammen wohnte. Deren nächste Angehörige, ihre Eltern Ada und Johannes Schwartz, wohnten auch in Wassenberg.

Außerdem stellten sie fest, dass Jennifer Schwartz Opfer eines Sexualdeliktes gewesen war, in welchem auch Marko von der Loo eine wesentliche Rolle gespielt hatte.

Das Interessante an der Angelegenheit war, dass er bei dem Übergriff offenbar Hilfe geleistet hatte, indem er den Angreifer vertrieben hatte.

Gebannt saßen Hanno und Fiona vor dem Bildschirm ihres Computers und lasen, was der Kollege vor ein paar Wochen zu diesem Vorgang aufgenommen hatte.

Hier war auch die Adresse der Eltern Schwartz angegeben als damals aktuellem Aufenthaltsort Jennifers.

Fiona notierte sich die Adresse. Konnte nicht schaden, mit denen ein Wörtchen zu reden.

Außerdem existierte eine separate Adresse Jennifers. Diese Wohnung war kurze Zeit, nachdem sie sich zusammen mit Marko von der Loo eine Adresse teilte, gekündigt worden.

„Lass uns mal mit diesem Marko sprechen. Vielleicht weiß er etwas über die Affäre seines Schwagers. Und möglicherweise kann er uns Informationen geben, die

Miriam Göddecke besser ins Bild rücken. Zu ihr haben wir noch keine Verbindung gefunden." Fiona erhob sich von ihrem Stuhl, nachdem sie den Computer ausgeschaltete hatte.

„Hoffen wir, dass sie überhaupt etwas mit diesem Fall zu tun hat." „Nicht, dass wir zwei Mörder zur Strecke bringen müssen.", schnaubte Hanno und schnappte sich seine Jacke von seiner Stuhllehne.

Zusammen verließen sie das Kommissariat und machten sich auf in die Limburgerstraße zehn.

Kapitel 20

Sie war zutiefst unglücklich.

Es war die absolute Fehlentscheidung gewesen, mit Marko zusammenzuziehen. Aber jetzt wusste sie nicht mehr, wie sie aus der Nummer wieder herauskommen sollte. Denn seitdem sie zusammenlebten, hatte Marko sich als absolutes Ungeheuer entpuppt. Das Schlimmste, was passieren konnte, war passiert. ER HATTE SIE GESCHLAGEN!

Wochenlang hatte sie es vorher angekündigt, den Betriebsausflug mit ihren Kolleginnen von „Ideenland", dem Dekorations- und Bekleidungsgeschäft in Wassenberg auf der Roermonderstraße. Sie liebte ihren Arbeitsplatz zwischen all den schönen Dingen, die ihre Chefin Ines Janssen auf Messen und im Internet mit viel Mühe zusammenstellte, damit sie und ihre Kolleginnen diese verkaufen konnten. Sie liebte den Kontakt mit den Menschen, den Kunden, die sie beraten durfte, und den Kontakt zu ihren Kolleginnen.

Geplant hatten sie eine Fahrradtour in Richtung Roermond an die Maas. Ihr erster Halt sollte in Effeld am See stattfinden. Dort wollten sie einkehren. Dann weiter zur Gidstapper Molen in den nahe gelegen Niederlanden.

Sobald Marko von dieser Tour erfahren hatte, fing er an, ihr die Hölle heiß zu machen. Jeden Tag aufs neue wurde ihr Ausflug zum Thema. Je mehr es auf den Termin zuging, desto unberechenbarer wurde Marko.

An einem Tag wollte Jennifer die Fahrtauglichkeit ihres Fahrrades prüfen. Sie stellte fest, dass beide Reifen platt waren und die Ventile fehlten. Sofort schlich sich ein Verdacht in ihr Bewusstsein, den sie sich jedoch nicht laut auszusprechen traute. Sie brachte ihr Rad zur Reparatur und bat eine Kollegin, es bis zum Termin zu beherbergen. Sie war fest entschlossen, an dem Ausflug teilzunehmen.

An einem anderen Tag war plötzlich ihr Hausschlüssel verschwunden. Als sie sich bei Marko erkundigte, ob er eine Ahnung habe, wo ihr Schlüssel sein könne, beschimpfte er sie auf's übelste. Er hatte sie eine Schlampe genannt und hatte die Wohnung verlassen.

Jennifer kontaktierte den Vermieter und meldete ihren Verlust. Dieser bot ihr an, den Schlüssel nachmachen zu lassen, auf ihre Kosten natürlich. Sie wollte sich mit ihm bei einem Schlüsseldienst treffen, musste aber leider feststellen, dass sie die Wohnung nicht verlassen konnte. Entgeistert erkannte sie, dass die Wohnungstür abgeschlossen war. Sie konnte es nicht glauben. Marko hatte sie eingeschlossen. Sie stand vor der verschlossenen Wohnungstür und konnte ihre Tränen nicht mehr beherrschen. Haltlos fing sie an zu weinen. Sie lehnte einige Minuten an der Wohnungstür, um sich zu beruhigen. Dann rief sie erneut den Vermieter an und teilte ihm die neuerliche Entwicklung mit. Der war so nett und kam vorbei, um sie aus ihrer misslichen Lage zu befreien. Dabei übergab er ihr ihren neuen Wohnungsschlüssel, nicht ohne darauf hinzuweisen, dass sie ein ernstes Wörtchen mit ihrem Freund zu sprechen habe.

Nachdem der Vermieter sie allein gelassen hatte, beschloss sie, mit ihrer Mutter ihr Problem zu besprechen.

Also machte sie sich auf den Weg, ohne Marko über ihr Vorhaben zu informieren. Ihr war klar, was ihr blühte, stellte sie den ersten Fuß an diesem Abend in ihre gemeinsame Wohnung. Aber sie musste ihre Sorgen loswerden, sonst würde sie ersticken.

Ihre Mutter empfing sie an der Haustür. Jennifer hatte sie während der Autofahrt telefonisch informiert, dass sie auf dem Weg war.

Ihre Mutter schloss sie sofort in ihre Arme und drückte ihr Kind an sich. Sie hatte sofort bemerkt, dass etwas nicht in Ordnung war.

„Jetzt komm erst mal herein, mein Kind. Was ist denn nur los?" Ihre Mutter führte sie an einem Arm herein und ins Wohnzimmer. In jenem Wohnzimmer, in dem sie sich mit Marko zum ersten Mal verabredet hatte.

„Ich koche uns erst mal eine Tasse Tee; dann kannst du mir in Ruhe erzählen, was passiert ist.", sorgenvoll betrachtete sie ihre Tochter. Und was sie sah, beunruhigte sie zutiefst.

Jennifer hatte abgenommen, ihre Augen lagen in tiefen Höhlen in ihrem Gesicht, die Jochbeine stachen scharfkantig aus den Wangen hervor.

„Ich mach uns eben ein paar Brote.", fügte sie hinzu, als sie das Wohnzimmer verließ.

Zehn Minuten später erschien sie mit einem vollbeladenen Tablett. Tee, belegte Brote, Kuchen und Obst verteilte sie auf dem Tisch. Je mehr Frau Schwartz auf den Tisch lud, desto weniger hätte Jennifer davon essen können. Ihr Appetit hatte beträchtlich unter den Ereignissen gelitten, soviel stand fest.

Ada Schwartz postierte das nun leere Tablett hochkant auf einen der unbenutzten Stühle am Tisch und setzte sich.

„Was gibt es denn, Kind?" „Ich mache mir Sorgen um dich. Weißt du das?", wandte sie sich nun mit viel Gefühl in der Stimme an ihre Tochter.

„Hat es etwas mit Marko zu tun?" Sie wollte ihrer Tochter die Angelegenheit so leicht wie möglich machen, denn sie ahnte, worauf diese Sache hinauslief. Dafür kannte sie ihre Tochter zu gut. Der sexuelle Übergriff hatte sie sicher sehr mitgenommen. Aber hinter der Veränderung ihrer Tochter steckte mehr, das spürte sie.

Jennifer begann zu weinen. Sie vergrub ihr Gesicht in ihren Händen, ihre Schultern bebten heftig. Ada Schwartz legte ihr einen Arm um die Schultern und ließ erst einmal ihren Emotionen freien Lauf lassen.

Nach einigen Minuten hatte sie sich so weit beruhigt, dass sie anfangen konnte zu erzählen, dass Marko sich verändert hatte. Dass er sie beschimpfte und vor einigen Tagen gegen ihr Auto gestoßen hatte. Sie gestand ihrer Mutter, dass sie Angst vor ihm hatte.

Den hässlichen Verdacht, den sie darüber hinaus hegte, behielt sie jedoch für sich. Die gestohlenen Ventile und der verschwundene Schlüssel waren so ungeheuerlich. Sie konnte es selbst kaum glauben.

Nachdem sie sich ihr ganzes Elend von der Seele geredet hatte, kam auch der Hunger. Sie griff zu. So viel hatte sie seit Tagen nicht mehr gegessen.

Ihre Mutter hatte Jennifer das Versprechen abgenommen, dass sie mit Marko die Angelegenheit besprechen und ihm Grenzen setzen müsse.

Beinahe fröhlich verließ sie das Haus ihrer Eltern und machte sich auf den Heimweg.

Als sie zu Hause ankam, traute sie ihren Augen nicht. Der Tisch war festlich gedeckt. Rote Rosen schmückten ihn in einer Vase. Ein herrlicher Duft wehte von der Küche herein.

„Wie machte er das bloß?", fragte sie sich. Immer wenn sie an dem Punkt angekommen war, an dem sie glaubte, mit ihm nicht mehr zusammen sein zu können, überraschte er sie so sehr, dass sie fast vergaß, warum es Unstimmigkeiten gegeben hatte. Dafür hatte er offenbar einen siebten Sinn.

Sie warf einen Blick in die Küche.

Mit nacktem Oberkörper, nur mit einer Jeans bekleidet stand er am Herd und rührte Bratkartoffeln in einer Pfanne.

Er hatte sie bemerkt, denn er warf einen Blick über die Schulter.

„Hallo, da bist du ja.", strahlte er sie an. „Ich dachte, wir machen uns einen schönen Abend mit einem leckeren Essen. Mal sehen, was der Abend sonst noch so bringt." Er zwinkerte sie anzüglich an, legte den Kochlöffel aus der Hand und streckte ihr ein Glas Wein entgegen.

Sie nahm es an und trank einen Schluck. Was sollte sie tun. Sollte sie die gute Stimmung jetzt mit einer Aussprache vergiften? Seufzend ging sie in den Flur, zog ihre Jacke aus und hängte sie an den Mantelstock.

„Ich bin gleich so weit, Schatz." „Setz dich schon mal an den Tisch.", forderte er sie fröhlich auf.

Wie konnte ein Mensch nur so schnell die Stimmungen wechseln, fragte sie sich und ließ sich auf einem Stuhl nieder. Erneut nippte sie an ihrem Weinglas. Der Wein wärmte sie innerlich, und sie entspannte sich allmählich. Hoffentlich war diese Ruhe nicht trügerisch.

Am Tag des Ausfluges mit ihren Kolleginnen und ihrer Chefin war Marko schon aus dem Haus, als ihr Wecker klingelte. Sie machte sich fertig und begab sich zu Fuß zu ihrer Kollegin, bei der sie ihr Fahrrad deponiert hatte. Anschließend machten die beiden sich gemeinsam auf den Weg zu ihrem Treffpunkt. Um neun Uhr dreißig sollte es losgehen. Langsam trudelten alle ein, und es konnte losgehen. Sie verlebten einen ganz besonderen Tag miteinander. Das Wetter spielte mit, und die anvisierte Route stellte sich als landschaftlich wunderschön heraus.

Als sie am Abend zurück in Wassenberg waren, saßen sie noch gemütlich am Roßtorplatz in einer Weinstube zusammen.

Als Jennifer zusammen mit ihrer Kollegin aufbrach, fing es schon an, zu dämmern.

Sie hatte mit ihr vereinbart, dass sie zuerst bei ihr vorbeifuhren, damit sie nicht das restliche Stück alleine zurücklegen musste. Ein bisschen Angst hatte sie immer noch im Dunkeln, sich alleine fortzubewegen. Und Marko hatte sie nicht fragen wollen. Also erschien ihr das die einfachste Lösung zu sein.

Als sie an ihrem Haus ankamen, verabschiedete sie sich von ihrer Kollegin und stellte ihr Rad ab.

Sie schloss die Haustür auf und wollte direkt am Eingang das Flurlicht einschalten.

Sie betätigte den Schalter.

Kein Licht!

Sie betätigte ihn ein weiteres Mal.

Kein Licht!

Ihr Herz fing an, gegen ihre Rippen zu pochen.

Der Schweiß brach ihr aus, und feine Tröpfchen bildeten sich auf ihrer Stirn.

An ihrer Schläfe bildete sich ein kleines Rinnsal und lief an ihrem Jochbein vorbei.

Sie ging vorwärts in den dunklen Hausflur, hielt aber die Haustür mit dem rechten Arm noch auf.

Sie ging weiter vorwärts und musste die Tür nun zufallen lassen, weil die Länge ihres Armes nicht mehr ausreichte.

Finsternis umschloss sie, als die Tür endgültig zugefallen war.

Sie blieb kurz stehen, damit ihre Augen sich daran gewöhnen konnten. Sie lauschte in die Stille. Das Rauschen in ihren Ohren war so laut, dass sie nichts anderes vernehmen konnte.

Jetzt konnte sie Konturen ausmachen vom Treppengeländer, von der Wohnungstür im Erdgeschoß.

Sie tastete sich weiter vor. Die Treppen hinauf in den ersten Stock. Den Flur entlang, immer sich am Treppengeländer festklammernd bis zur Wohnungstür. Blind tastete sie in Ihrer Handtasche nach ihrem Schlüssel.

Mist, hätte sie das doch schon vor dem Haus unter der Straßenlaterne erledigt. Da endlich das kalte, gefurchte Metall eines Schlüsselbartes. Endlich. Sie zog ihn aus der Tasche, öffnete die Tür und betrat den Wohnungsflur.

Gerade als sich Erleichterung breit machen wollte, traf sie der erste Schlag.

Mit der Faust auf die rechte Wange.

„Wo kommst du her?", schrie er sie an.

Ein zweiter Fausthieb traf sie in die Magengrube.

Sie klappte zusammen.

Schlug hart auf den kalten Fliesen im Flur auf.

Zusammengekrümmt blieb sie liegen und schloss ihre Augen.

Versuchte auszublenden, was hier gerade geschah.

Das passierte nicht!

Ihr doch nicht!

„Woher?" Wie der Schrei eines wilden Tieres.

Dann fiel die Tür ins Schloss und wurde abgeschlossen.

Sie war einfach zu erschöpft, um sich darum zu kümmern.

Zusammengekrümmt kroch sie auf allen vieren ins Schlafzimmer, legte sich auf's Bett und schlief ein.

Kapitel 21

Fiona und Hanno klingelten an der Wohnungstür von Jennifer Schwartz und Marko von der Loo. Aber niemand öffnete.

Um sich hier anderweitig Zugang zu dieser Wohnung zu verschaffen, dazu reichte der vage Verdacht, den sie hatten, einfach nicht aus.

„Was jetzt?" Hanno sah Fiona fragend an.

„Vielleicht ist es nicht verkehrt, wenn wir auch ein wenig über diese Jennifer Schwartz in Erfahrung bringen. Also auf zu ihren Eltern!" Fiona wies mit der Hand einladend auf Hanno´s SUV.

Sie ließen sich von Hannos Navi in Wassenberg auf die Tannenwaldstraße leiten.

Nach einigen hundert Metern auf der rechten Seite begann die Zufahrt zum Grundstück der Familie Schwartz.

Hanno und Fiona machten große Augen. Es handelte sich weniger um ein Grundstück, sondern mehr um ein Anwesen.

Sie parkten den SUV vor dem Eingangsbereich zur Schwartz´schen Villa auf roter Asche. Fehlte nur noch, dass ein Bediensteter im Livree herbeigeeilt kommen würde, ihnen die Schlüssel abnahm, um den Wagen wegzusetzen.

Sie verließen den Wagen. Der Bedienstete war ausgeblieben und hatte ihren Wagen nicht für sie geparkt.

Also hatten sie dies selbst tun müssen. Nun gingen sie zur Eingangstür.

Ein lauter Gong kündigte ihr Erscheinen an. Es dauerte einige Augenblicke, bis ihnen von einer gepflegten Frau um die Fünfzig die Tür geöffnet wurde.

Sie erläuterten ihr Anliegen und im Gesicht von Frau Schwartz, wie sie mittlerweile wussten, zeichnete sich ein wissender, trauriger Zug ab.

Also führte sie Hanno und Fiona ins Wohnzimmer des großzügig angelegten Hauses und rief ihren Mann dazu. Dieser erschien wenige Minuten später mit einem Tablett in den Händen. Darauf befanden sich eine Thermoskanne mit Kaffee, vier Tassen sowie ein Milchkännchen und eine Zuckerdose.

Gerne nahmen Hanno und Fiona den angebotenen Kaffee entgegen, nachdem sie auf den Stühlen am Esstisch Platz genommen hatten.

„Was können wir für sie tun?", richtete Herr Schwartz das Wort an Hanno.

Spitzbübisch nahm er den verärgerten Zug um Fionas Mundwinkel wahr, weil Herr Schwartz mit ihm sprach, von Mann zu Mann sozusagen, und sie hiermit zum Hilfspersonal degradiert hatte. Herr Schwartz musste es nicht einmal so gemeint haben. Hanno wusste, dass Fiona so dachte.

„Nun, wir sind auf der Suche nach ihrer Tochter."

„Können sie uns sagen, wo sie ist?", erläuterte Hanno ihr Anliegen.

„Wir hoffen doch, dass sie arbeiten ist." „Oder hast du eine andere Information, Ada?", wandte Herr Schwartz sich an seine Frau.

„Nein, ich gehe auch davon aus, dass sie arbeiten ist.", antwortete Ada Schwartz.

„Können sie uns ihren Arbeitgeber und dessen Adresse mitteilen?" Freundlich schaltete sich Fiona in das Gespräch ein. Offensichtlich hatte sie ihren Ärger unterdrückt.

„Sie arbeitet bei „Ideenland" in Wassenberg Unterstadt. Ich verstehe das nicht, eigentlich sollte sie auf der

Arbeit sein." Frau Schwartz war nun zusehends beunruhigt.

„Es ist nichts passiert. Sie brauchen sich keine Sorgen zu machen." „Wir sind eigentlich nur hier, um uns ein Bild von ihrer Tochter und ihrem Freund Marko von der Loo zu machen.", versuchte Hanno Jennifers Eltern zu beruhigen.

„Können sie uns dazu etwas sagen? Zu Marko von der Loo?" Fiona blickte Ada und Johannes Schwartz fragend an.

„Naja!", begann Ada Schwartz zögernd, „zunächst stellte der junge Mann die Rettung unserer Tochter dar in jeder Hinsicht."

„Wie meinen sie das?", hakte Hanno nach.

Und dann erzählten die Schwartzen's von dem sexuellen Übergriff und Marko's Erscheinen am Tatort. Wie fürsorglich er sich im Nachhinein um Jennifer bemüht hatte und wie sehr ihr seine Unterstützung geholfen hatte, wieder ins Leben zurückzufinden.

Doch dann kam die Wendung!

Frau Schwartz schilderte Marko's Veränderung, seine psychische und fast schon physische Wut und Gewalt. Und wie sehr Jennifer in letzter Zeit darunter gelitten hatte.

Dies schien selbst Herrn Schwartz neu zu sein, denn er starrte seine Frau verwundert an.

„Warum hat Jennifer nichts gesagt?", fragte er seine Frau.

„Sie ist hier gewesen und hat mir ihre Sorgen mitgeteilt." „Ich habe ihr erzählt, dass wir uns auch Sorgen gemacht haben, weil wir schon so lange nichts mehr von ihr gehört hatten, obwohl wir sie mehrfach angerufen und um Rückruf gebeten hatten.", beantwortete sie die Frage ihres Mannes.

Herr Schwartz legte daraufhin den Kopf schräg, und sein Gesicht nahm einen bedauernden Ausdruck an.

„Ich wollte dich nicht beunruhigen." Niedergeschlagen zuckte Frau Schwartz die Achseln.

„Wir hatten den Verdacht, dass Marko es nicht an Jennifer weitergab, wenn wir versucht hatten, sie zu erreichen. Selbst wenn wir es auf ihrem Handy versucht hatten, rief sie nicht zurück. Sie sagte mir, dass auf ihrem Handy keine Nachrichten von uns hinterlassen waren. Also konnte nur Marko sie gelöscht haben."

„Eine andere Idee habe ich dazu nicht.", erläuterte Ada Schwartz ihre Unruhe.

„Wenn wir zu ihrer gemeinsamen Wohnung fuhren, wurde uns oft die Tür nicht geöffnet. Wie er angestellt hat, dass unsere Tochter ihren eigenen Eltern die Tür nicht öffnete, weiß ich nicht. Wir machen uns große Sorgen um Jennifer. Sie hat sich sehr verändert. Sie ist ständig nervös, fast schon verängstigt. Und sie ist sehr dünn geworden." Jennifers Mutter hatte sich in Rage geredet.

Die Informationen sprudelten nur so aus ihr heraus.

An manchen Stellen nickte ihr Mann zustimmend und blickte ansonsten die Kommissare mit ernstem Blick an.

Fiona machte sich hin und wieder Notizen. Die Sache mit dem sexuellen Übergriff hatten sie überprüft. Die stimmte!

Sie mussten auf jeden Fall den Arbeitgeber von Jennifer als nächstes aufsuchen und mit ihm sprechen.

Das Bild, das Ada und Johannes Schwartz von Marko von der Loo soeben gezeichnet hatten, hörte sich sehr besorgniserregend an. Sie mussten ganz dringend Jennifer Schwartz finden.

Hanno und Fiona verabschiedeten sich von den Eheleuten Schwartz und fuhren in die Wassenberger Unterstadt zu „Ideenland", zu jenem Deko - Laden, in welchem Jennifer Schwartz arbeitete.

Sie parkten ihren Wagen gegenüber von „Ideenland" auf dem Parkplatz an der Kreissparkassenfiliale.

Hanno löste seinen Gurt, als ihm ein Gedanke in den Sinn kam: „Was wäre, wenn der Angreifer von Jennifer Schwartz und der Mörder von Miriam Göddecke und Hannah Wirtz ein und dieselbe Person war?", bedeutsam sah er Fiona an.

Fiona musste zugeben, dass dies eine sehr gute Spur wäre, wenn sie sie mit Beweisen irgendwie untermauern könnten.

„Vielleicht sollten wir Patrick anrufen und ihn fragen, ob er fremde DNA bei den beiden Leichen gefunden hat. Möglicherweise gab es auch DNA bei der Untersuchung von Jennifer Schwartz, wenn die dann übereinstimmten ...!"

„.... Bingo!", ergänzte Hanno und grinste Fiona an. Ja, er war zufrieden mit sich. Er war sich sicher, er hatte Fiona in diesem Augenblick beeindruckt.

Er zückte sein Handy und wählte Patricks Nummer.

Nach dem dritten Freizeichen nahm Patrick das Gespräch entgegen. „Hanno! Was kann ich für dich tun? Bist du bei Fiona schon weitergekommen?"

Hanno ignorierte Patricks Spitze und brachte ungerührt sein Anliegen vor: „Kannst du uns verraten, ob du auf den beiden Leichen fremde DNA gefunden hast? Und wenn ja, stimmen diese untereinander überein?"

„Das könnt ihr alles ...", setzte Patrick an.

„Was? Deinem Bericht entnehmen?" „Ja, das könnten wir, wenn wir nicht gerade im Auto säßen und nach einer verschwundenen Frau suchen müssten!", entgegnete Hanno gereizt.

„Ist ja schon gut! Unter den Nägeln von Hannah Wirtz habe ich zwei unterschiedliche DNA Muster gefunden und bei Miriam Göddecke eins. Zwei davon stimmen überein!" „Ich habe aber keinen Treffer in der Datenbank landen können.", rückte Patrick die verlangte Information heraus.

„Vor einigen Wochen hat es einen sexuellen Übergriff auf eine gewisse Jennifer Schwartz gegeben. Könntest du bitte überprüfen, ob da auch DNA Proben vorhanden sind und ob die irgendwie zu unserem Fall passen?" „Das Aktenzeichen kann Jürgen dir mitteilen.", brachte Hanno sein nächstes Anliegen hervor.

„Habe ich da etwa das Wörtchen `bitte` gehört? Aber klar doch! Für meinen Kumpel Hanno tue ich doch alles! Grüß Fiona schön von mir! Ich melde mich!" Hanno wollte etwas Süffisantes erwidern, aber Patrick hatte ihn schon weggedrückt. Dieser Mistkerl! Hanno schloss die Faust fest um sein Handy und atmete tief durch. Dieser Kerl brachte ihn immerzu auf die Palme. Patrick und er würden sicher keine Freunde.

Sie verließen den Wagen. Und nachdem sie die Heinsberger Straße überquert hatten, betraten sie das Ladenlokal.

Fiona sah sich um, während Hanno auf die Verkäuferin, die hinter der Theke gerade eine Kundin bediente, zusteuerte.

Die Verkäuferin sah ihn kommen und schenkte ihm sogleich ihre volle Aufmerksamkeit, was ihm ein gefährliches Funkeln der nachfolgenden Kundschaft einbrachte.

„Womit kann ich ihnen helfen?", sprach sie Hanno freundlich an.

„Entschuldigung, ich wollte mich nicht vordrängeln." Die nachfolgende Kundin schnalzte spöttisch mit der Zunge und wandte den Kopf ihren Mitkundinnen zustimmungsheischend zu.

Diese blickten ebenso empört drein.

„Ich bin von der Kriminalpolizei und möchte gerne mit der Besitzerin des Geschäftes sprechen.", brachte Hanno sein Anliegen vor, und Fiona konnte sehen, wie die Empörung im Gesicht der Kundinnen zu Neugier umschwenkte. Was hat die Kripo mit der Ladenbesitzerin zu schaffen? Sie lehnten sich sogar ein klein wenig nach vorn, um auch alles mitzubekommen. Oder hatte Fiona sich das nur eingebildet?

„Ines, kommst du mal bitte? Hier ist jemand für dich!", rief die Verkäuferin in die Tiefen des Ladenlokals.

Nach wenigen Augenblicken erschien die Ladenbesitzerin, eine modisch gekleidete Mittfünfzigerin.

„Ines Janssen ist mein Name. Was kann ich für sie tun?" Sie reichte Hanno die Hand. Hanno schüttelte sie und wies mit der anderen auf seine Kollegin und stellte Fiona vor.

„Wir suchen Jennifer Schwartz!" „Ist sie heute arbeiten oder belegt sie eine spätere Schicht?", erkundigte sich Hanno bei ihr.

„Wenn ich ehrlich bin, habe ich Jennifer seit unserem Betriebsausflug letzten Samstag nicht mehr gesehen. Deswegen bin ich ziemlich sauer auf sie, weil sie sich nicht abgemeldet hat."

Ines Janssen verzog ihr Gesicht, als hätte sie in eine Zitrone gebissen.

Bei Fiona begannen die Alarmglocken zu schrillen.

„Wann war dieser Ausflug genau?" „Und wer hat Jennifer zuletzt gesehen?", mischte sie sich nun hektisch ein.

„Ich habe sie mit dem Fahrrad bis vor ihre Haustür gebracht." „Danach habe ich sie nicht mehr gesehen und auch nichts mehr von ihr gehört" mischte sich die Bedienung an der Kasse ein.

„Ihr Name lautet?", fragte Hanno nach und zückte sein Notizbuch.

„Ich heiße Birgit Frohn und wohne am Hartebauer. Das Eigenartige war, dass sie ihr Rad vor dem Ausflug bei mir abgestellt hatte, damit es im Vorfeld niemand beschädigen konnte. Ich fand dies merkwürdig, da sie einen abgeschlossenen Fahrradkeller in dem Haus haben, in dem sie wohnt." Nachdenklich schaute sie die beiden Kommissare an.

Auch das würden sie zu gegebenem Zeitpunkt nachprüfen müssen. Im Moment war ihre allerhöchste Priorität, Jennifer Schwartz zu finden.

„Der Ausflug war letzten Samstag.", beantwortete Frau Janssen, die noch offene Frage.

„Heute ist Freitag! Also hat seit fast sieben Tagen niemand mehr Jennifer Schwartz gesehen!"

Fiona blickte Hanno an.

Eile war geboten!

Sie verabschiedeten sich von Frau Janssen, ihrer Kollegin und der neugierigen Kundschaft, die tuschelnd die Köpfe zusammensteckten, als die beiden Kommissare den Laden verließen.

Es nutzte alles nichts: sie mussten in die Wohnung an der Limburgerstraße, wenn sie herausfinden wollten, wo Jennifer Schwartz abgeblieben war.

Dazu mussten sie allerdings erst einmal so viele Beweise zusammentragen, damit der Staatsanwalt ihnen einen Durchsuchungsbeschluss genehmigte.

Es war spät geworden.

Sie beschlossen Feierabend zu machen. Sie konnten heute sowieso nichts mehr ausrichten.

Unterwegs zum Kommissariat, an dem Hanno Fiona absetzen wollte, damit sie dort ihren Wagen holen konnte, organisierten sie eine Ablösung für Jürgen. Er konnte nicht die ganze Nacht dort alleine vor dem Anwesen der Roses sitzen.

Auf dem Heimweg dachte Hanno wieder einmal an Fiona.

Alles in allem war ihr Verhältnis zueinander immer noch sehr angespannt.

Sie gab ihm nicht die geringste Möglichkeit, ihr näher zu kommen. Sie verhielt sich distanziert und abweisend.

Wollte sie ihn absichtlich fernhalten? War das ihre Strategie?

Je distanzierter sie sich verhielt, desto mehr drängte es ihn, ihre Nähe zu suchen.

Er hatte sogar schon vor ihrer Haustür gesessen.

Jürgen Ott hatte ihm verraten, wo Fiona wohnte, und er hatte auf sie gewartet.

Er hatte eine gute Flasche Rotwein mitgebracht. In seiner Phantasie saßen sie in ihrem Garten auf ihrer Terrasse, oder was auch immer sie ihm zum Sitzen anzubieten hatte, und tranken friedlich zusammen den Wein. Erzählten einander von den Ereignissen des Tages.

Sicherlich war er ihr ein gutes Stück näher gekommen, weil sie ihm von ihrem Ex erzählt hatte.

So hoffte er zumindest. Manchmal hatte er das Gefühl, dass es so war. An anderen Tagen wiederum verhielt sie sich distanzierter denn je.

Er für seinen Teil konnte sich vorstellen, seine Abende von jetzt an immer zusammen mit Fiona zu verbringen.

Fiona jedoch wies ihn ab, wo immer sie konnte. Sie zeigte ihm einfach die kalte Schulter. Bei ihr war Durchhaltevermögen gefragt. So viel war sicher.

Auch nach einer halben Stunde geduldigen Wartens gewährte sie ihm immer noch keinen Einlass. Ihr Auto stand vor der Tür. Also nahm er an, sie wäre zu Hause.

Er wusste von den Kollegen, dass sie eine Tochter im Teenageralter hatte und einen Hund. Vielleicht war sie mit dem Hund unterwegs.

Nach einer weiteren halben Stunde, in der er abwechselnd im Auto und auf den Stufen vor ihrem Haus gesessen hatte, war er schließlich gefahren. Nachdem eine neugierige Nachbarin auf die Straße getreten war und ihm freundlich einen „Guten Tag" gewünscht hatte.

Er glaubte schon, sie wolle ihn fragen, was er bei Fiona zu suchen hatte.

Aber sie wollte anscheinend nicht neugierig sein, sondern nur aufmerksam. Dies war in solch einer Wohnsiedlung ein feiner, aber kleiner Unterschied.

Also übte er sich weiter in Geduld. Das fiel Hanno sehr schwer, ständig in Fionas Nähe zu sein, mit ihr eng zusammenzuarbeiten und doch nicht an sie ranzukommen.

Für den nächsten Tag hatten sie sich um acht Uhr im Kommissariat in der Wassenberger Unterstadt verabredet, um zu diskutieren, welche Ansätze sie bisher zusammengetragen hatten, welche Schlussfolgerungen diese zuließen und welche Beweise sie hatten, um dieses Konstrukt, das sich daraus ergab, zu untermauern.

Fiona, die als erste angekommen war, schlug direkt den Weg zum Kaffeevollautomaten ein.

Ohne Kaffee ging bei ihr gar nichts.

Erst recht nicht, nachdem sie heute Morgen schon von ihrer Nachbarin abgefangen worden war, um von ihr einem Verhör unterzogen zu werden. Wer denn der junge Mann gewesen war, der über eine Stunde vor ihrem Haus herumgelungert habe?

Zu guter Letzt schilderte sie ihr in buntesten Farben, wie sie ihn dazu genötigt hatte zu verschwinden.

Fionas Nachbarin neigte zur Übertreibung. So wusste sie, dass ihre Beschreibungen die Realität nur zur Hälfte trafen.

Trotzdem zerbrach sie sich den Kopf darüber, wer da vor ihrer Haustür „herumgelungert" hatte.

Kurz darauf trafen Hanno und Jürgen gemeinsam ein. Sie hatten sich auf dem Parkplatz getroffen, wie es schien, und waren bester Laune.

„Jürgen, möchtest du auch einen Kaffee?" „Ich bringe dir einen mit.", bot Hanno ihm an.

„Sehr gerne.", freute Jürgen sich über das Angebot.

Seit wann waren die „Best Friends"?, wunderte sich Fiona und sah verwundert von einem zum anderen.

Jürgen bemerkte ihre Blicke. „Was?" ‚und warf ihr einen provokanten Blick zu.

„Was läuft denn hier?" Angriff war die beste Verteidigung, sagte sie sich, und sollte sich diese Männerkonföderation gegen sie richten, wollte sie diese im Keim ersticken.

„Wir waren nur gestern Abend ein Bier zusammentrinken. Hanno kennt noch nicht so viele Leute hier in der Gegend." „Und da haben wir uns halt verabredet.", erläuterte er ihr.

„Lass mich raten! Du hast dich erbarmt, und dann hat er sein Herz bei dir ausgeschüttet." Sein schuldbewusster Blick sagte ihr, dass es genau so gewesen war. Und dass in der Hauptsache sie Thema ihrer Männergespräche war.

Zorn stieg in ihr auf, den sie sogleich wieder zu bändigen versuchte. Sonst verlangte Jürgen wieder eine Aussprache. Da hatte sie im Moment wirklich weder Zeit noch Nerven zu.

Hanno betrat den Raum mit zwei Kaffeetassen in der Hand. Die Spannungen zwischen Jürgen und Fiona waren für ihn mit Händen greifbar. Er reichte Jürgen seine Tasse.

„Können wir loslegen?" Hannos übertriebene Freundlichkeit nervte Fiona einfach nur. Glaubte er auf diese Art und Weise, die Situation, die er geschaffen hatte, zu entschärfen?

„Auf geht´s!", signalisierte sie ihre Bereitschaft mit deutlicher Schärfe in der Stimme.

Um seine Nervosität zu überspielen, stellte Hanno seine Kaffeetasse ab und trat an das Flipchart, das am Kopfende des Raumes stand, ergriff den dicken Filzschreiber und notierte die Namen der beiden Opfer, die sie gefunden hatten sowie das Verschwinden von Jennifer Schwartz.

Darunter setzte er weitere Namen, die ihnen im Laufe der Ermittlungen bekannt geworden waren. Ellen und Jens Rose sowie der Bruder von Ellen Rose, Marko von der Loo. Miriam, Jennifer und Marko kannten sich. Aber wie passte Hannah Wirtz ins Bild? Wieso gab es Übereinstimmungen bei den DNA-Mustern der Fremd-DNA zwischen Hannah und Miriam? Waren sie vom selben Täter ermordet worden? Wo war die Verbindung?

Alle drei starrten sie das Flipchart an, kamen aber zu keinem Ergebnis.

„Hat Patrick sich schon gemeldet wegen der DNA-Ergebnisse, über die wir gestern mit ihm gesprochen hatten?", erkundigte sich Hanno freundlich.

„Bei mir nicht.", antwortete Fiona giftig. Sie hatte sich immer noch nicht ganz beruhigt.

Sie mussten Jennifer finden! Wenn sie sie gefunden hatten, bekamen sie hoffentlich Antworten auf einige ihrer Fragen.

Erneut machten sie sich auf in die Limburgerstraße zur Wohnung von Jennifer Schwartz und Marko von der Loo.

Kapitel 22

Sie war die ganze Nacht nicht nach Hause gekommen.
Er hatte mehrfach versucht, sie auf ihrem Handy zu erreichen.
Mindestens zwanzig WhatsApp hatte er ihr geschrieben.
Nichts!
Ihre Eltern und Geschwister wussten auch nicht, wo sie sein konnte.
Ihre Mutter hatte kurz angebunden ins Telefon geblafft, dass er dafür gesorgt hatte, dass sie nicht mehr wussten, was ihre Tochter so trieb. Dann hatte sie den Hörer aufgeknallt.
Er war rasend vor Wut gewesen, nachdem er gemerkt hatte, dass sie sich seinem Zugriff entzogen hatte.
Das komplette Geschirr hatte er aus allen Schränken gerissen und zerdeppert. Ihre Klamotten warf er in die Badewanne und übergoss diese mit Domestos, bis ihm die Nasenschleimhäute und Augen brannten. Blind vor Tränen rannte er ins Schlafzimmer und schlitzte ihre Matratze auf.
Zwei Stunden später hatte er seine Wut so weit abgearbeitet, dass sie zunächst in Trauer und schließlich in Angst umschlug.

Er hatte panische Angst, alleine gelassen zu werden. Erst seine Schwester, die ihn wegen dieses Spinners verlassen hatte, und jetzt Jennifer.

Seine Schwester hatte gemeint, dass jeder von ihnen jetzt ein eigenes Leben beginnen musste. Und dass es nicht gut wäre, wenn sie immer zusammenhingen.

Dabei hatte er sie doch immer beschützt! Sein Leben hätte er für sie gegeben!

Er betrachtete die Narben in seinen Handinnenflächen, die ihm vor vielen Jahren beigebracht wurden bei dem Versuch, seine Schwester zu retten.

Und jetzt Jennifer! Wie konnte sie ihm das antun? Er hatte alles für sie gegeben! Auch sie hatte er gerettet, ohne darüber nachzudenken, was ihm dabei geschehen könnte.

Er rollte sich auf Jennifers aufgeschlitzter Matratze zusammen, legte das Messer neben sich auf dem Boden ab und gab sich seiner tiefen Trauer und unendlich erscheinenden Resignation hin.

Schließlich verschwammen Wirklichkeit und Erinnerungen zu einem zähen Brei, den er nicht mehr auseinanderzuhalten vermochte. Bilder seiner Kindheit verwoben sich mit den Erlebnissen mit Jennifer.

Dann wurde alles schwarz!

Irgendwann war er zu sich gekommen, hatte ein Klingeln an der Tür vernommen, war dann aber wieder eingedöst.

Er musste tief eingeschlafen sein!

Ein Schlüssel, der in die Wohnungstür gesteckt und gedreht wurde, weckte ihn.

Darauf war er seine gesamte Kindheit geprägt und trainiert: dieses Geräusch selbst im Schlaf zu hören.

Er richtete sich auf und rieb über seine vom Weinen geröteten und geschwollenen Augen.

Warum er das tat, wusste er später auch nicht mehr genau. Aber er hob das Messer vom Boden auf und schlich zur Tür.

Niemand, der sich so zur Tür hereinschlich, würde sich noch einmal über ihn hermachen, schoss es ihm grimmig durch den Kopf.

Er blieb vor der offenstehenden Tür zum Flur stehen und presste sich so hinter den Türrahmen, dass man ihn von der Haustür aus nicht sehen konnte; er hingegen ungehinderte Sicht auf die Person hatte, die mit großen Augen im Flur stand und sich umsah.

Sie hatte geglaubt, er sei arbeiten und könne nun ungehindert ihre Besitztümer aus der Wohnung an sich bringen und wegschaffen.

Gestern Abend hatte sie ganz spontan beschlossen, so nicht weiterleben zu wollen.

Sie hatte ihren Vater angerufen und ihn um Hilfe gebeten.

Ihr war vollkommen klar, dass sowohl Trennung als auch Auszug schnell vonstattengehen mussten. Sonst befürchtete sie das Schlimmste. Ihre Mutter hatte ihr erneut das Gästezimmer zurechtgemacht, hatte ihr die ganze Nacht zugehört und beigestanden. Hier konnte sie erst einmal bleiben! Bei ihr im Gästezimmer. Sie versicherte ihr, dass sie ihre Sachen am nächsten Morgen alleine abholen könne. Marko wäre schließlich arbeiten, und da hätte sie genügend Zeit. Als sie nun die Wohnungstür aufschloss und in den Flur trat, hatte sie nicht mit solch einem Chaos gerechnet.

Kapitel 23

Fiona und Hanno hatten nun schon mehrfach an der Wohnungstür von Jennifer Schwarz und Marko von der Loo geklingelt und geklopft.

Doch die Tür blieb verschlossen. Niemand öffnete sie.

Der süßliche Geruch, der verhalten aus er Wohnung drang, verhieß überhaupt nichts Gutes.

Sie klingelten beim Hausverwalter, der im Erdgeschoß des gleichen Hauses wohnte, und baten ihn, mit dem Zweitschlüssel die Wohnung zu öffnen, nachdem sie sich ordnungsgemäß ausgewiesen hatten.

Bestialisch war der Gestank, der ihnen entgegenschlug, als die Tür geöffnet wurde.

Sie bedankten sich beim Hausverwalter und schickten ihn zurück in seine Wohnung.

Fiona zog sich Latexhandschuhe über und betrat die Wohnung.

Hanno rief den kriminaltechnischen Dienst und den Gerichtsmediziner an. Anschließend zog auch er Handschuhe an und folgte Fiona in die Wohnung.

Ein unbeschreibliches Chaos herrschte hier. Alle Schränke waren umgeworfen worden, und deren Inhalt ergoss sich auf den Fußböden. Sie stiegen über zerbrochene Teller, Tassen und Schüsseln. Darüber verteilten sich Schuhe und Kleidungsstücke. Alle für eine weibliche Person bestimmt.

„Was für ein unbeschreibliches Durcheinander. Sei vorsichtig, Fiona! Hier liegt überall Scharfkantiges herum." Hanno blickte besorgt zu Fiona.

Was wird das jetzt, dachte sie bei sich. Bis jetzt bin ich auch ganz gut alleine zurechtgekommen; ohne einen Aufpasser. Diese Fürsorge war sie einfach nicht gewohnt.

Sie kraxelte tiefer in die Wohnung hinein.

Das erste Zimmer, das vom Flur abging, war die Küche. Der Herd stand noch aufrecht. Alle anderen Möbelstücke waren umgeworfen worden.

„Hanno, komm her!" Hanno beeilte sich, zu Fiona zu kommen. „Siehst du das Blut da auf dem Fußboden?"

„Ja! Das sieht aus, als wäre etwas oder jemand durch das Blut geschliffen worden."

„Du hast recht!", gab Fiona zu. In diesem Fall, fiel ihr das allerdings leicht, zuzugeben.

Sie kletterten weiter in die Wohnung hinein. Die Schleifspuren verloren sich nach ein paar Metern.

Sie folgten den Blutspuren.

„Na, hier hat die Spurensicherung genug zu untersuchen.", unkte Hanno.

„Hoffentlich ist bei der Vielzahl an Spuren auch etwas Verwertbares dabei. Nicht, dass sie vor lauter Wald die Bäume nicht sehen." „Wenn du verstehst, was ich meine.", erwiderte sie sarkastisch.

Hanno wusste nicht, ob der Sarkasmus ihm galt. Da er keinen erneuten Streit riskieren wollte, hielt er sich zurück, was aber wiederum der Lösung ihres Falles abträglich war. Jürgen hatte recht; er musste das unbedingt mit Fiona klären. Ansonsten wäre eine weitere Zusammenarbeit schwerlich möglich, und das wollte er. Er wollte mit ihr zusammenarbeiten, mit ihr zusammen sein, Zeit verbringen.

Er wollte sie, wie er noch keinen Menschen gewollt hatte.

Und je höher die Mauer wurde, die sie um sich errichtete, desto mehr reizte es ihn, sie einzureißen und Fiona an sich zu drücken und an sich zu binden.

Hanno hatte nur absolut keine Ahnung, wie er das bewerkstelligen sollte.

Begegnete er ihr einfühlsam und mit Fürsorge, beantwortete sie dies kratzbürstig und wies ihn ab.

Aber irgendeinen Weg musste er finden. Sonst würde er schier verrückt. Fiona war vor ihm in einem Raum verschwunden und gab einen merkwürdigen Laut von sich, der Hanno aus seinen Gedanken riss.

Offensichtlich handelte es sich bei diesem Raum um das Schlafzimmer.

Auch hier erkannten sie pure Verwüstung. Nur, dass hier alles mit Blut besudelt war. Auf dem Bett befand sich eine leblose Masse Fleisch. Man konnte noch erkennen, dass diese Masse mit den Handgelenken an das Bettgestell an der Kopfseite des Bettes gefesselt war. Ansonsten konnte man nicht mehr darauf schließen, dass es sich hier um einen Menschen handelte.

Hier hatte jemand rasend vor Wut alles kurz und klein geschlagen, was ihm in die Quere kam.

Der Anblick alleine war unbeschreiblich.

Aber der Gestank, der sich in der ganzen Wohnung und in diesem Raum verstärkt ausgebreitet hatte, machte die ganze Angelegenheit zur absoluten Horrorshow.

Fiona hatte genug gesehen. Es kam selten vor, dass sie etwas derart anwiderte. Üblicherweise war sie absolut nicht zimperlich! Aber das hier?

Hier hatte jemand sämtliche menschlichen Barrieren niedergerissen. Er oder sie hatte diese Wohnung zum Schlachtfeld erkoren und einfach nur gewütet.

Sie wandte sich ab und schickte sich an, das Schlafzimmer zu verlassen, als Hanno sie am Arm festhielt.

„Alles in Ordnung mit dir?" Besorgt sah er ihr in die Augen.

„Sieht das hier aus, als sei alles in Ordnung." „Wir müssen endlich unsere Arbeit machen und diesen Wahnsinnigen überführen.", fauchte sie ihn an.

In dem Moment, als sie ihn angeschrieben hatte, tat es ihr auch schon wieder leid.

Hanno konnte auch nichts dafür, dass ihre Nerven blank lagen und dass sie sich über sich selbst ärgerte, dass es so war.

Sie brachte es aber nicht fertig, sich bei ihm zu entschuldigen.

Sie machte sich von ihm los und verließ die Wohnung.

Draußen sog sie tief die Luft in ihre Lungen.

Patrick Weidenhaupt entstieg gerade seinem Auto und eilte zu seinem Kofferraum, um den Koffer mit seinen Untersuchungsutensilien an sich zu nehmen.

„So schlimm? Du bist ganz grün im Gesicht." So viel Einfühlungsvermögen hätte sie dem Gerichtsmediziner gar nicht zugetraut.

„Schlimmer!", stöhnte Fiona.

„Kann ich irgendetwas für dich tun? Heute Abend mit dir Essen gehen? Einen teuren Wein trinken? Anschließend eine angenehme Massage?" War das Unsicherheit, oder warum zog er das Ganze jetzt ins Lächerliche, fragte sich Fiona.

In dem Augenblick verließ Hanno das Gebäude.

Fiona wusste nicht, wie viel er von ihrer Unterhaltung mit Patrick mitbekommen hatte, aber sein Blick sprach Bände.

Am liebsten hätte er sich auf Patrick gestürzt und die ganze Angelegenheit an Ort und Stelle geklärt.

Aber in Anbetracht der Tatsache, dass sie sich hier an einem Tatort befanden, an dem sich ein grausamer Mord ereignet hatte, konnte er sich beherrschen.

„Da geht es zum Tatort!", schnaubte er und wies mit dem Zeigefinger seiner Rechten zum Hauseingang.

Anschließend ballte er seine Hand zur Faust.

Das sah aus, als würde er diese Patrick entgegenrecken.

„So schlimm steht es um dich, du armer Kerl?" Patrick blickte amüsiert von Hanno zu Fiona und wieder zurück.

„Fiona, tu uns allen den Gefallen und kümmere dich endlich um Hanno. Das ist ja nicht zum Aushalten."

„Halt endlich die Klappe.", versetzte Hanno und schaute Fiona mit einem weidwunden Blick an.

Fiona hatte endgültig genug davon. „Wir fahren schon mal zum Kommissariat. Kannst du den anderen Bescheid geben, Patrick?" Sie wartete erst gar nicht seine Antwort ab, sondern folgte Hanno in den Wagen.

„Fahr zu mir nach Hause. Ich brauche eine kurze Pause. Du weißt, wo das ist?" Sie seufzte schwer, als könne sie so den Ballast, der auf ihrer Seele lastete, auf diese Weise abschütteln.

„Yes, Maam." Hanno deutete mit dem Arm einen Salut an.

Kapitel 24

„Können wir das Ganze nicht aufschieben, bis diese grausamen Morde aufgeklärt sind?" Fionas bittender Tonfall irritierte Hanno. Er schaute sie an und bemerkte die Schweißperlen, die sich auf ihrer Oberlippe bildeten.

Auf der einen Seite wusste sie, dass es keinen anderen Ausweg gab. Andererseits hatte sie Angst vor den daraus resultierenden Folgen. Warum konnte nicht einfach alles so bleiben, wie es war?

Allerdings musste sie sich insgeheim eingestehen, dass sie Hannos Werben durchaus genoss.

Darauf wollte sie nicht verzichten, musste sie feststellen. Was wiederum unfair Hanno gegenüber war.

Er legte ihr täglich sein Herz zu Füßen. Das genoss sie mit jeder Faser ihres Körpers.

Sie ließ aber nicht zu, dass er die unüberbrückbare Distanz, die sie zwischen sich und ihm aufgebaut hatte, überwand.

Eine sehr komplizierte Situation, an der sie nicht unschuldig war.

Das ging ihr durch den Kopf, als Hanno sich ihr zuwandte.

„Geht es dir nicht gut?" Hanno trat einige Schritte auf Fiona zu, bemerkte aber sofort, wie blöd seine Frage war.

Natürlich ging es ihr nicht gut! Konnte es nicht!

Schon gar nicht, nach alledem, was sie heute zu Gesicht bekommen hatte.

Er wich wieder einen Schritt zurück und ihrem Blick aus. Hanno sammelte sich einen Augenblick, um seine Gefühle unter Kontrolle zu bringen.

Fiona brachte ihn dazu, dass er sie gleichzeitig schütteln und in seine Arme ziehen wollte, um sie zu beschützen. So etwas hatte er noch nie erlebt.

Insgeheim musste er Fiona recht geben. Der Zeitpunkt für eine Aussprache war mehr als ungünstig. Aber sie konnten es nicht länger aufschieben. Sonst gefährdeten sie das Ergebnis ihrer Ermittlungen.

„Tut mir leid, meine Liebe, aber das geht nicht. Sonst wird alles nur noch schlimmer. Wir finden uns so schon kaum mehr zurecht in diesem Gefühlschaos. Diese Ermittlungen sind auch nicht ohne. Emotional sehr anstrengend. Bringen wir es jetzt hinter uns." Hanno war in ihrer Küche auf und ab gegangen, dann stehen geblieben, um ihr in die Augen zu sehen. Er wollte JETZT wissen, was sie fühlte; wie sie zu ihm stand.

Derart in die Enge getrieben fingen Fionas Augen an zu glänzen, als würde sie jeden Augenblick anfangen zu weinen. Sie schluckte einmal schwer.

Na sieh mal einer an, die Eiskönigin beginnt zu schmelzen. Das ist aber ein harter Brocken, dachte Hanno, als sein Handy klingelte.

Patrick Weidenhaupt! Erschien auf dem Display seines Handy`s.

Verdammt, der Kerl hatte ein sicheres Gespür für den falschesten Augenblick, den man nur wählen konnte.

Hanno nahm das Gespräch entgegen.

„Was gibt es?", er ließ Fiona nicht aus den Augen.

Auf gar keinen Fall wollte er, dass sie die Mauer zwischen ihnen, die er so mühsam hatte einreißen müssen, in der kurzen Zeit, in der er telefonierte, wieder Stein für Stein errichtete.

So schnell wie möglich versuchte er, Patrick loszuwerden.

„Wir haben erste Ergebnisse zum Fundort. Hier hat ja ein wahres Schlachtfest stattgefunden." Um das festzustellen, brauchte man ja nun keinen Pathologen, dachte Hanno genervt.

„Kann ich dich zurückrufen?" „Ich befinde mich in einem wichtigen Gespräch.", würgte Hanno ihn kurzer Hand ab.

„Wir haben aber sehr interessante Dinge gefunden, die wir euch eigentlich gerne vor Ort zeigen würden." „Es wäre wichtig, wenn ihr noch einmal zurückkommen könntet.", führte Patrick in geschäftsmäßigem Ton aus.

„Wir sind gleich da." Hanno drückte Patrick einfach weg.

„Uns läuft die Zeit davon. Wir müssen uns etwas beeilen. Du weißt, was ich für dich empfinde. Ich habe mich in dich verliebt und würde das Ganze gerne vertiefen. Du hast schlechte Erfahrungen gemacht und versuchst, mich von dir fernzuhalten, mich zu vergraulen. Das kann ich dir versichern, hat bis jetzt nicht geklappt. Im Gegenteil: je mehr du dich gegen mich sträubst, desto anziehender wirst du für mich. Ich weiß, dass ich nichts erzwingen kann. Ich möchte aber, dass du weißt, wie ich empfinde, und dass ich auch nicht so einfach aufgeben werde." Hanno kam direkt zum Punkt und traf sie damit mitten ins Herz.

Sie blinzelte ihn ein paar Mal an, so als könne sie ihn einfach wegzwinkern.

Doch ihr laut gegen die Rippen wummerndes Herz verriet ihr, dass er noch da war und sie auf seine Worte nicht in der von ihr gewünschten Weise reagierte. Denn neben dem aus dem Takt geratenen Herzschlag, breitete sich eine Wärme in ihrem Inneren aus. Sie hatte nie für möglich gehalten, so etwas zu fühlen.

Denn sie wusste, er sprach die Wahrheit. Dazu musste sie nicht erst seinen offenen Gesichtsausdruck deuten.

„Wow, was für ein Geständnis!" Ohne es zu wollen, driftete ihre Stimme in Sarkasmus ab.

„Bitte, tu das nicht!" Er flehte darum, ihn nicht zu verletzen, er würde auch nicht vor ihr auf den Knien rutschen. Er bat sie lediglich darum, ihn nicht abzuwehren. Jedoch der flehende Ausdruck seiner Augen ließ sie hart werden, und ihr Herz kühlte tief.

„Ist das so eine Masche von dir, um bei Frauen wie mir zu landen? Hast du irgendwo einen Baum stehen, an dem du eine Strichliste eingeritzt hast von den Frauen, die du herumgekriegt hast? Wie ist das? Gibt es bei schwierigen Frauen zwei Striche und bei verletzten Frauen fünf?" Fiona redete sich in Rage.

Hanno blieb einfach ganz ruhig drei Meter von ihr entfernt stehen und ließ sie wüten.

„Und du bist ein Mann, auf den man sich verlassen kann? Der einem nicht weh tut, einen nicht vergewaltigt? Oder gehörst du auch zu den Männern, die die Rosinentheorie zur Philosophie ihres Lebens gemacht haben. Ich mach das, wozu ich Lust habe, und den Rest macht meine Frau. Ja, ist das so? Na los! Du wolltest doch reden? Machst du es so, dass du deine Frau erst schwängerst und dich anschließend um nichts mehr kümmerst? Dass du deiner Frau die ganze Verantwortung aufbürdest und dich selbst den schönen Dingen des Lebens widmest?" Mittlerweile liefen Fiona die Tränen die Wangen hinunter. Hanno machte einen

Schritt auf sie zu, bereit, sie in seine Arme zu schließen, sollte sie es zulassen.

„Bist du schon mal so enttäuscht, verletzt und im Stich gelassen worden?", schluchzte sie.

„Ich glaube, das ist jeder von uns schon einmal. Aber wenn man sich abschottet und die Gelegenheit nicht ergreift, andere, bessere Erfahrungen machen zu können, bleiben die negativen immer präsent und können niemals in den Hintergrund treten, um den positiven Platz zu machen. Glaub mir, ich weiß, wovon ich rede." Hanno flüsterte beinahe und blickte sie liebevoll an.

Fiona schlang die Arme um ihren Oberkörper.

Hanno trat auf sie zu und hob ihr Kinn, damit sie ihm in die Augen blicken musste.

„Willst du mit mir zusammen neue, schöne Erfahrungen sammeln. Ich meine, ich kann dir nicht versprechen, dass es immer schön sein wird. Aber ein Versuch wäre es doch wert, meinst du nicht auch?" Hanno riskierte viel, ging auf's Ganze.

Sie schaute aus ihren verquollenen Augen zu ihm auf.

„Ich bin durcheinander. Lass mir etwas Zeit, um darüber nachzudenken." „ O.K.?", schniefte Fiona.

Hanno hatte sich mehr erhofft. Aber was hatte er erwartet. Zumindest hatte sie ihn nicht abgewiesen. Das war im Grunde genommen mehr, als er erwarten durfte. Er zog sie an sich und wiegte sie in seinen Armen, bis sie sich beruhigt hatte.

„Es tut mir leid Fiona, aber wir müssen das ganze an dieser Stelle abbrechen. Patrick hat darum gebeten, dass wir noch einmal zurück in die Wohnung kommen." „Er wollte uns etwas Wichtiges zeigen", hatte Hanno in ihr Haar geflüstert.

Fiona hob ihr Gesicht seinem entgegen und ihr gequälter Gesichtsausdruck brach ihm fast das Herz. Es war wohl alles etwas zu viel auf einmal.

„Ich schlage vor, du machst dich ein wenig frisch und wir fahren dann zurück. Oder möchtest du lieber hier auf mich warten?" Sanft übernahm Hanno die Führung.

Fiona schüttelte stumm den Kopf, machte sich von ihm los und verschwand im Bad.

Trotz der Umstände kam Hanno nicht umhin, ein gewisses Glücksgefühl zu empfinden.

Wenige Minuten später erschien Fiona mit frisch nachgezogenem Kajal. Lediglich die roten Flecken auf ihren Wangen verrieten ihren emotionalen Ausnahmezustand.

„Kann es losgehen?" So einfühlsam hatte sie Hanno noch nie erlebt. Sollte das eine Kostprobe von dem privaten, sensiblen Hanno sein, fragte sie sich. Nickte ihm jedoch zu.

Also machten sie sich erneut auf den Weg zu Jennifer Schwartz` und Marko von der Loo´s Wohnung.

Patrick Weidenhaupt stand Zigarette rauchend vor dem Wohnhaus.

Fiona nahm ein leichtes Zittern seiner den Glimmstängel zum Mund führenden Hand wahr. Männer! So hart wie Kruppstahl, fuhr es ihr sarkastisch durch den Kopf.

Hanno stellte den Wagen ab, und sie eilten auf Patrick zu.

„Was gibt´s?", eröffnete Hanno ohne Gruß das Gespräch.

Patrick zog einen Beweismittelbeutel aus seiner Jacketttasche und hielt sie Fiona hin, ohne Hanno auch nur eines Blickes zu würdigen.

Fiona nahm den Beutel, der ein Foto enthielt, entgegen.

„Da sieh mal einer an!", entfuhr es Fiona, und ein leichtes Lächeln der Erleichterung umspielte ihre Mundwinkel. Endlich hatten sie etwas Brauchbares in den Händen. Endlich mussten sie nicht mehr nur in dieser trüben Suppe fischen.

Sie hielt Hanno das Foto hin. Dieser ließ ein anerkennendes Pfeifen vernehmen.

„Hallo, hallo! Die kennen wir doch! Leider, muss man sagen! Das ist doch die Frau, die wir am Bergfried gefunden haben?" Hanno hatte wieder in den professionellen Modus gewechselt.

Fiona sah ihn an und fragte sich, wie er das anstellte.

Patrick bemerkte ihren Blick und schloss ärgerlich seine Ausführungen. Ein bisschen eifersüchtig war er schon.

„Ja ganz genau! Und so, wie es aussieht, haben sich Jennifer oder/und Marko und diese Frau, Hannah Wirtz, gekannt. Außerdem wussten sie von dem Verhältnis zwischen Jens Rose und Hannah Wirtz." Patrick sprach mit Hanno, als handelte es sich bei ihm um ein Kleinkind, dem man erklären musste, was Förmchen in einem Sandkasten zu suchen hatten.

Fiona verdrehte die Augen. „Die Roses haben uns die ganze Zeit angelogen. Sie haben immer behauptet, sie würden Hannah Wirtz nicht kennen."

Kapitel 25

Im Kommissariat trafen sie auf Jürgen, der den Kontakt zu den Beamten gehalten hatte, die das Haus der Eheleute Rose observierten.

Bis jetzt lief die ganze Aktion inoffiziell. Und nennenswert weitergekommen waren sie damit bisher auch nicht.

Es war zum Verzweifeln. Hoffentlich mussten sie diese nicht autorisierte Observation nicht rechtfertigen.

Sie wollten noch einmal alle Fakten zusammentragen, die sie bisher hatten. Mussten schauen, was sie beweisen konnten und was nicht untermauert werden konnte. Für einen Haftbefehl wegen dringenden Tatverdachts gegen Marko von der Loo sollte es reichen. Dann bekam die Observation der Eheleute Rose endlich einen offiziellen Charakter.

Jürgen stand am Flipchart, den Filzschreiber in der Hand.

„Patrick hat mich heute Morgen angerufen und mitgeteilt, dass die DNA des mutmaßlichen Vergewaltigers von Jennifer Schwartz nicht mit der DNA übereinstimmte, die bei Miriam Göddecke und Hannah Wirtz gefunden wurde. Also können wir die Theorie mit dem Serienvergewaltiger, der bei Jennifer Schwartz nicht zum Zuge gekommen war, weil Marko von der Loo dazwischen gegangen war, fallen lassen. Hätte mich auch gewundert, wenn es so einfach gewesen wäre."

Fiona seufzte laut auf.

Hanno, der bei der Erwähnung von Patricks Namen, einen verbissenen Zug um den Mund angenommen hatte, sah sie nun besorgt an. Er konnte sie verstehen.

Diese Ermittlung ging ihnen allen wahnsinnig an die Nieren.

„Ich habe mir noch einmal die Fotos von der jungen Frau auf Miriam Göddeckes Handy angesehen. Ganz offensichtlich handelt es sich hierbei um Jennifer Schwartz." „Ihr wisst schon, die junge Frau mit den blauen Flecken am ganzen Körper!", klärte Hanno sie auf und legte die Fotos auf den Tisch in ihrem Besprechungsraum. Fiona teilte sie in zwei Stapel und reichte einen davon Jürgen.

Sie schauten die Fotos erneut durch!

„Du hast recht. Warum ist uns das nicht schon früher aufgefallen, als Jennifers Mutter uns das Foto ihrer Tochter gezeigt hatte." Fiona blickt schockiert von Jürgen zu Hanno.

Hanno fing ihren Blick auf. „Du glaubst doch nicht, dass wir irgendetwas von dem, was geschehen ist, hätten verhindern können? Bitte Fiona, tu dir das nicht an." Am liebsten hätte er sie in seine Arme gezogen und festgehalten. Aber das würde sie fuchsteufelswild machen. Also hatte er nur die Arme gehoben und unverrichteter Dinge wieder sinken lassen.

Mitfühlend sah er sie an. „Lass uns weiter Fakten zusammentragen. Uns selbst mit Vorwürfen zu überschütten, bringt uns nicht weiter."

Er sah Jürgen an, als wolle er ihm das Wort erteilen.

„Bei der Befragung der Nachbarn habe ich erfahren, dass es bei Jennifer und Marko oft heiß her ging. Geschrei und Gepolter waren an der Tagesordnung. Die Kolleginnen von „Ideenland" haben sich darüber gewundert, dass Jennifer oft, auch wenn es brütend heiß war, in Pullover und Hose zur Arbeit kam. Sie hatte sich zunehmend verändert, bestätigte Ines Janssen, die Chefin von Jennifer, den Eindruck von Ada Schwartz, ihrer Mutter. Sehr in sich zurückgezogen, gar verängstigt. Ines Janssen hatte mehrfach versucht, mit Jennifer zu reden, war aber nicht an sie herangekommen. Schließlich überlegte sie ernsthaft, Jennifer zu kündigen." Stichpunktartig hatte Jürgen seine Ausführungen auf dem Flipchart notiert, während er geredet hatte.

Nun drehte er sich zu Hanno und Fiona um, die ihm aufmerksam zugehört hatten.

„Warum haben die anderen Hausbewohner nicht die Polizei gerufen, wenn sie häusliche Gewalt vermuteten?" Fionas Stimme klang schrill, und sie war ein bisschen blass geworden bei Jürgens Erläuterungen.

Hanno verstand sie.

Sie fühlte mit Jennifer.

Wenn sie diese persönliche Betroffenheit nicht ablegen konnte, musste Hanno sie heraushalten. Er wollte nicht den offiziellen Weg beschreiten. Das nicht! Aber er musste sie irgendwie von diesen grässlichen Geschehnissen abschotten. Im Moment konnte er allerdings nichts tun. Er konnte nur abwarten und hoffen, dass Fiona durchhielt.

„In den umliegenden Krankenhäusern, bei denen ich nachgefragt habe, ob Jennifer dort Patientin mit Brüchen oder dergleichen war, verwiesen sie auf den Datenschutz, dem sie unterliegen. Auskunft nur mit richterlichem Beschluss. Beim Hausarzt oder Gynäkologen, deren Namen und Praxisadressen Ada Schwartz mir genannt hatte, war sie schon lange nicht mehr gewesen." Jürgen schrieb die Namen der Ärzte auf das Flipchart.

„Gute Arbeit.", lobte Hanno Jürgen und klopfte ihm anerkennend auf die Schulter.

Fiona war in die Fotos von Jennifer Schwartz` Misshandlungen vertieft. Wie stand Miriam Göddecke zu Jennifer Schwartz. Diese Frage hatten sie immer noch nicht geklärt. Sie zückte ihr Handy und rief bei Familie Schwartz in der Tannenwaldstraße an. Nach dem dritten Freizeichen nahm Frau Schwartz den Hörer ab.

„Hallo Frau Schwartz. Entschuldigen sie bitte die Störung, aber ich brauche dringend eine Information." Fiona legte Mitgefühl in ihre Stimme, schließlich hatten sie gestern erst von Hanno erfahren, was mit ihrer Tochter geschehen war.

"Um was geht es denn?", fragte Frau Schwartz mit gebrochener Stimme nach.

„Kennen sie Miriam Göddecke?", stellte Fiona ihre Frage und legte sich die linke Hand an die Stirn.

„Aber natürlich das ist ... war eine der besten Freundinnen meiner Tochter. Eine Zeit lang war der Kontakt zwischen den beiden abgebrochen. In letzter Zeit allerdings trafen sie sich wieder häufiger." Tiefe Trauer färbte Ada Schwartz Stimme.

Fiona musste sich zusammenreißen, um nicht selbst in Tränen auszubrechen. „Vielen Dank für diese Auskunft. Sie haben uns sehr geholfen. Wenn wir etwas neues haben, melden wir uns bei ihnen." Fiona verabschiedete sich und beendete das Gespräch.

„Miriam und Jennifer waren sehr gute Freundinnen. Was, wenn Miriam Jennifer helfen wollte mit der Dokumentation ihrer Misshandlung und damit Marko konfrontiert hatte. Der ist dann ausgerastet und hat

Miriam umgebracht." Müde blickte sie von Hanno zu Jürgen.

„So könnte es gewesen sein. Wir wissen aber immer noch nicht, wie Hannah Wirtz ins Bild passt. Und warum sollte Marko sie umgebracht haben? Er hatte gar nichts mit ihr zu tun. Er kannte sie! das war es!", nahm Hanno ihren Faden auf.

„Wir müssen zu den Roses. Die sollen aufhören, uns Märchen zu erzählen und uns sagen, ob sie Informationen über den Aufenthaltsort von Marko von der Loo haben." Grimmig schnappte Fiona sich den Autoschlüssel vom Tisch.

Hanno hielt ihren Arm mitten in der Bewegung auf und sah ihr in die Augen. „Bist du dir sicher, dass du mit dorthin fahren willst?", besorgt sah er sie an.

„Ich fahre auf jeden Fall, ob mit oder ohne dich.", erwiderte sie in dem, ihr typischen ätzenden Tonfall und riss sich von ihm los. Resigniert schaute er sie an. Da waren sie wieder an ihrem Ausgangspunkt angekommen.

Er folgte ihr zum Wagen. „Na dann, auf nach Erkelenz.", murmelte er vor sich hin.

Kapitel 26

Als er schließlich in Erkelenz angekommen war und vor dem Haus seiner Schwester stand, war es schon dunkel.

Er sah es als einen glücklichen Umstand an, dass die beiden Straßenlaternen, die dem Haus am nächsten standen, nicht die Garageneinfahrt und das Tor beleuchteten.

Zuvor hatte er seiner Schwester mitgeteilt, dass er sich jetzt doch auf dem Weg zu ihr gemacht hatte, weil er keine andere Wahl habe. Sie möge ihm doch bitte irgendeine Tür, die zu ihrem Gebäude führte, offenlassen. Aber bitte so, dass ihr Mann, der Fremdgänger, von alldem nichts mitbekommen sollte. Nach mehreren hin und her gehenden WhatsApp Nachrichten hatten sie sich darauf verständigt, dass sie die kleine Tür, die zur Garage führte und die sonst genutzt wurde, um die Einkäufe von der Garage ins Haus zu schaffen, nicht verschließen würde. Sein ungeliebter Schwager Jens, der seinen Wagen sonst auch in der Garage parkte, würde erst spät heute Nacht von einer Dienstreise zurückkehren. Dann war er meist zu müde, um seinen Wagen noch in die Garage zu fahren. Also blieb er dann auf dem Stellplatz vor dem Garagentor stehen.

Unbeobachtet von den Nachbarn im Schutze der Dunkelheit schlich Marko sich zu ebenjener Tür, öffnete sie und betrat dann die Schwärze der Garage. Hinter der Tür blieb er kurz stehen, schloss sie und musste ein paarmal blinzeln, damit seine Augen sich an die Lichtarmut hier drinnen gewöhnten. Allmählich konnte er einzelne Umrisse ausmachen, und so ging er bis ans Ende der Garage. Hier war so etwas wie eine Werkbank aufgebaut, mit der sein Schwager sowieso nichts anzufangen wusste, so handwerklich unbegabt, wie der war. Seine Schwester hatte ihm geschrieben, dass er hier etwas zu Essen und zu Trinken sowie eine Decke finden würde. Sie hatte ihr Versprechen gehalten. Zischend öffnete er eine Flasche Mineralwasser. Gierig setzte er sie sich an den Mund und trank sie auf einen Zug halb leer, so durstig war er gewesen.

Dann setzte er sich auf den Stuhl rechts neben der Werkbank in die Ecke und hüllte sich in die Decke. Ihm war sehr kalt.

Er zückte sein Handy und rief seine Schwester an, um sie darüber zu informieren, dass er angekommen sei.

Ellen meldete sich nach dem fünften Klingelton. „Gott sei Dank, du bist angekommen. Ich hatte schon angefangen, mir Sorgen zu machen. Ich bin sofort bei dir." Schon hatte sie wieder aufgelegt.

Keine zwei Minuten später ging das Garagentor auf und wieder zu und der Schein einer Taschenlampe leuchtete ihm ins Gesicht, blendete ihn.

„Ellen bist du das?"

Die Taschenlampe wurde auf den Boden gerichtet und dann war sie auch schon bei ihm. Sie schloss ihn in ihre Arme und hielt ihn lange fest.

„Was ist denn nur los mit dir? Was ist passiert?"

„Willst du nicht mit mir darüber reden?", fiel sie über ihn her.

„Jetzt mach mal halblang. Ich kann dir da nichts zu sagen, sonst wirst du mit in diese Sache reingezogen. Und glaub mir. Das ist das Letzte, was du willst. Hast du dir schon überlegt, wie es mit deinem Jens weitergeht?"

„Wie soll es denn deiner Meinung nach mit ihm weitergehen? Was soll ich tun. Ich kann ihn nicht verlassen. Das habe ich dir doch schon gesagt."

„Du wirfst dein Leben für solch einen Versager weg.", brauste er auf. Wie ein wildes Tier begann er in der Garage auf und ab zu rennen.

Von jetzt auf gleich war er in Rage. Mit schnellen Schritten lief er auf sie zu und schob seine Schultern nach vorne. „Du verlässt ihn! Hast du gehört? Morgen, wenn ich das Geld habe, kommst du mit mir!"

Ellen schaute ihn sprachlos an und Angst kroch ihr die Kehle hoch und machte sie trocken. Noch nie in ihrem Leben hatte sie sich von ihm so bedroht gefühlt. Wie konnte das nur sein? Was war nur mit ihm geschehen? Würde er doch nur mit ihr reden. Sie würde ihm schon helfen, ihn zur Vernunft bringen.

„Ob du mich verstanden hast, will ich wissen?", schrie er sie an und schob sein Kinn weiter vor. Ellens Blick verschwamm, und in diesem Augenblick hatte sie nicht mehr ihren Bruder Marko vor Augen, sondern einen ihrer Peiniger aus Ihrer Kindheit.

Sie wich zurück vor ihrem eigenen Bruder.

Er folgte ihr!

Ihr Fluchtinstinkt war übermächtig!

Sie drehte sich herum, die Taschenlampe, die sie nicht aus der Hand gegeben hatte, fest umklammert, und begann zu rennen.

Auf die Seitentür der Garage zu.

Sie hörte hastige Schritte in ihrem Rücken. Die Nackenhärchen stellten sich auf.

Sie rannte schneller. Ein Keuchen hinter ihr, dann ein heftiger Stoß in ihren Rücken. Sie wurde gegen die Tür geschleudert.

Ihr Rücken krachte zuerst dagegen.

Sie prallte zurück und stürzte zu Boden.

Sie konnte gar nicht so schnell reagieren, da hatte Marko schon seine Hände um ihren Hals gelegt und drückte unerbittlich zu.

Durst! Sie hatte so schrecklichen Durst! Sie konnte es kaum ertragen! Sie versuchte zu schlucken. Aber der

Versuch endete in einem Höllenfeuer, das in ihrer Kehle aufloderte. Sie keuchte laut auf.

Marko war mit zwei Schritten bei ihr, griff ihr unter die Arme und setzte sie auf, lehnte sie gegen die Garagenwand.

Da erst merkte sie, dass sie bewegungsunfähig war. Gefesselt worden war an Händen und Füßen von ihrem eigenen Bruder.

Sie verstand die Welt nicht mehr. Sie musste nachdenken. Was wollte er von ihr?

„Ich brauche Geld. Wo hast du welches? Wenn du mir nicht hilfst, bringe ich ihn um. Also wo ist es?", bedrohlich erschien das Gesicht ihres Bruders in ihrem Gesichtsfeld zu einer irren Grimasse verzogen.

Welche Alternativen hatte sie? Sie wollte ihm sowieso das Geld zukommen lassen, aber würde er sie dann laufen lassen?

„Nur wenn ich danach gehen darf.", krächzte sie.

„Abgemacht! Danach lasse ich dich gehen.", er lachte höhnisch auf.

„Kann ich mich darauf verlassen?"

„Du Dummerchen. Glaubst du wirklich, ich könnte dir etwas antun? Meiner eigenen Schwester? Du hast mein Wort darauf. Ich lass dich gehen, wenn du mir verrätst, wo ihr euer Geld habt. Du siehst also, es wäre wirklich gut angelegt."

„Na gut! Du kennst doch das Gemälde in unserem Schlafzimmer? Dahinter befindet sich ein Safe. Die Safekombination findest du im Büro hinter die rechte obere Schublade geklebt."

„Vielen Dank Schwesterherz." Er deutete einen Kuss auf ihre Wange an. Sie nahm den stechenden Schweißgeruch wahr, der von ihm ausging.

„Wiedersehen macht Freude.", versuchte sie zu scherzen, obwohl ihr nicht danach zu Mute war.

„Ja, ja. Bis gleich." Eilig rannte er davon.

Auf der einen Seite beruhigte es sie, dass er die Garage verlassen hatte. Jedoch beunruhigte sie der Gedanke, er könne nicht wiederkommen.

Zudem wurden der Durst und die Halsschmerzen unerträglich.

Plötzlich war Motorenlärm zu vernehmen. Sie musste wohl eingenickt sein, denn sie war erneut zur Seite gekippt. Ihre hinter ihrem Rücken gefesselten Arme waren taub. Aus eigener Kraft konnte sie diese nicht mehr bewegen.

Was sollte sie nur tun?

Das war sicher Jens!

Den musste sie unbedingt auf sich aufmerksam machen.

Also schrie sie aus Leibeskräften. Alle ihre Rufe endeten in einem kläglichen Krächzen und der Motorenlärm erstickte ihre kümmerlichen Versuche im Keim.

Mit wundem Hals brach sie in Tränen aus.

Die Verzweiflung schwemmte über sie hinweg, wie eine Welle über einen gestürzten Surfer.

Dann folgte das Zuschlagen einer Autotür und sich entfernende Schritte.

Wilde Schluchzer schüttelten ihren ganzen Leib.

Irgendwann war auch die letzte Träne geweint und übermächtige Erschöpfung sog sie in einen tiefen traumlosen Schlaf.

Kapitel 27

Jens wunderte sich, nachdem er seinen Wagen auf dem Stellplatz vor dem Haus abgestellt hatte, warum das Haus so duster war. Normalerweise veranstaltete Ellen eine Festtagsbeleuchtung, wenn sie alleine zu Hause war, vor lauter Angst, es könnten sich irgendwelche Unwesen in ihr zu Hause verirren und sich ihrer bemächtigen.

Im Augenblick war alles stockfinster.

Vielleicht war sie auch nicht zu Hause.

Hatte sich mit ihrem wahnwitzigen Bruder, der glaubte, er sei Gott, getroffen.

Jens schloss die Haustüre auf und betrat die großzügige Halle. Er legte seinen Schlüssel in die Schale, die auf der Truhe stand, die sich an die rechte Dielenwand drängte.

Jens folgte seinem gewohnten Weg, bog zunächst rechts in die erste Tür ein und betrat die Küche. Hier entledigte er sich zunächst seiner unbequemen Schuhe und seiner Krawatte. Diese hängte er über eine Stuhllehne.

So hatte Ellen wieder etwas, worüber sie sich maßlos aufregen konnte.

Er öffnete den Kühlschrank, entnahm ihm eine halbgefüllte Weißweinflasche und entkorkte sie. Scharrte dort ein Möbelstück über den Boden, oder was war das eben für ein Geräusch gewesen. War Ellen doch zu Hause und hatte sich schon ins Bett gelegt?

Aber dieses Dunkel passte einfach nicht zu ihr.

Aus der Glasvitrine im Wohnzimmer holte er sich einen Weißweinkelch und füllte diesen zur Hälfte. Die Glaswände beschlugen von der eiskalten Flüssigkeit. Er trank einen großen Schluck.

Da!

Was war das?

Schon wieder so ein lautes Scharren und ein Geräusch, als wenn ein Stuhl umgekippt wäre.

Mit dem Glas in der Hand betrat er erneut die Halle und trat an die Treppe.

„Ellen?" „Bist du zu Hause?", rief er ins obere Geschoß.

Absolute Stille schlug ihm entgegen.

„Ellen?" Rief er erneut, dieses Mal etwas lauter.

Oder hatte er sich diese seltsamen Geräusche nur eingebildet?

„Ellen?

Keine Antwort!

Um ganz sicherzugehen, würde er wohl nachsehen müssen.

Er stellte sein Glas Wein auf der Truhe ab und stieg auf Socken die Marmortreppe in die nächste Etage hinauf.

Stufe für Stufe in die Dunkelheit.

Er wusste gar nicht, wie laut Stille sein konnte.

Mit jeder Stufe fing sein Herz lauter an zu pochen, und das Rauschen in seinen Ohren nahm derart zu, dass er befürchtete, taub zu sein für die Geräusche, die tatsächlich in seinem Haus zu hören waren.

Als er die oberste Stufe erreicht hatte, hielt er zunächst inne, um sich in der Dunkelheit zu orientieren.

Was sich als krasser Fehler erweisen sollte.

Er konnte noch keine Einzelheiten in der Dunkelheit erkennen, da wurde ihm auch schon ein grelles Licht in die Augen gehalten, das mit immenser Geschwindigkeit näher kam.

Kurz bevor er erkennen konnte, dass es sich bei dem Licht um eine Taschenlampe handelte, wurde diese ihm über den Schädel gezogen.

Er stürzte die Treppe hinab und verlor das Bewusstsein

Ellen kam wieder zu sich, als Marko soeben mit der Schubkarre die Garage verließ.

„Was hast du vor?", krächzte sie ihm hinterher.

Dafür hatte Marko nur ein Schulterzucken übrig und verließ die Garage.

Was stellte er nur mit der Schubkarre an, zermarterte Ellen sich den Kopf. Was hatte er nur vor? Und selbst, wenn sie hätte erraten können, was dieser plante; was hätte sie unternehmen sollen oder können. In ihrer augenblicklichen Situation war sie ohnehin verhindert.

Hoffentlich hatte er nur Jens nichts angetan.

Ellens Fragen sollten in geraumer Zeit beantwortet werden. Denn wenige Augenblicke später wurde erneut die Garagentür geöffnet und im Dunkeln erschien ein Schubkarrenende, aus dem zwei Beine herab baumelten.

Ellens schlimmste Befürchtungen schienen sich zu bewahrheiten.

Sie krächzte mit ihrer rauen Stimme aus Leibeskräften:" Was hast du Jens angetan? Bist du von allen guten Geistern verlassen? Das kannst du doch unmöglich tun wollen?"

Ohne auch nur ein Wort an Ellen zu richten, bugsierte er die Schubkarre durch die Tür, zog diese dann hinter sich zu. Marko schob die Schubkarre an die Ellen gegenüberliegende Wand, kippte Jens aus und fesselte genau wie bei Ellen Arme hinter dem Rücken und Beine. Dann verließ er die Garage erneut. Wenige Augenblicke später erschien er mit Ellens Sporttasche, gefüllt mit Geld und anderen Dingen, die während einer längeren Abwesenheit nützlich waren. Wie zum Beispiel einer Zahnbürste. An Jens` Kleiderschrank hatte er sich auch bedient.

Den Garagentoröffner hatte er mitgenommen, um nun das große Garagentor zu öffnen. Dann setzte er Jens` Wagen in die Garage, öffnete den Kofferraum und schleppte sowohl seine Schwester als auch seinen Schwager hinein. Damit sie nicht auf sich aufmerksam machen konnten, was bei seinem Schwager ohnehin noch eine Weile dauern sollte, da er immer noch ohne Bewusstsein war, knebelte er beide.

Seine Schwester schaute ihn aus riesigen resignierten Augen an.

Er schloss den Kofferraum, schwang sich auf den Fahrersitz, ließ den Wagen an und verließ die Garage.

Er warf einen letzten Blick auf das Wohngebäude.

Dann fuhr er in die Nacht hinaus; einem neuen glücklichen Leben - wie er hoffte - entgegen. Die finanziellen Mittel dazu fehlten ihm jetzt nicht mehr.

Kapitel 28

Es war bereits elf Uhr, als sie in Erkelenz auf dem Karolingerring bei den Eheleuten Rose vor dem Eingang standen und bemerkten, dass sowohl die Haustür, als auch das Garagentor sperrangelweit offen standen.

Fiona zückte sofort ihre Dienstwaffe und war im Begriff, das Haus zu betreten, als Hanno sie zurückrief.

„Fiona, warte bitte auf mich. Geh da nicht alleine rein." Mit besorgter Miene winkte er sie zu sich.

Fiona ignorierte ihn und setzte ihren Weg fort ins Innere des Hauses.

Laut fluchend zog Hanno sein Handy aus der Jeanstasche. „Das kann doch wohl nicht wahr sein?"

Er wählte Jürgens Nummer und fixierte den Eingang des Hauses.

„Jürgen hier! Was kann ich für dich tun Hanno?" bellte Jürgen hektisch ins Telefon.

„Komm her zu den Roses und bringe Verstärkung mit. Hier stimmt was nicht!" Hanno ließ Jürgen keine Gelegenheit, weitere Fragen zu stellen. Er würgte ihn sofort ab und eilte Fiona mit gezogener Dienstwaffe hinterher.

Er betrat den Hausflur. Umgestürzte Möbel und Blutspritzer auf dem Boden und an der Wand zeugten von einem Kampf, der hier stattgefunden haben musste Schritte hallten von oben in die untere Etage.

„Fiona, bist du das?" Hanno blieb ganz still, um eine Antwort mitzubekommen.

Die Schritte entfernten sich und erstarben.

„Fiona?" Hanno rief lauter. Das Rauschen in seinen Ohren wurde zu einem tosenden Fluss.

Schritte kamen näher und Fionas Kopf erschien über dem Treppengeländer aus der oberen Etage.

„Hanno! Da bist du ja! Komm hoch! Das musst du dir ansehen." Ihr Lächeln machte ihn noch wütender.

Er hatte ihr gesagt, sie solle warten. Stattdessen hatte sie das Haus im Alleingang untersucht. Ärgerlich stampfte er die Treppen hoch ins Obergeschoß und folgte Fiona schnaufend ins Schlafzimmer der Eheleute. Er konnte sich immer noch nicht beruhigen.

Im Schlafzimmer angekommen wies sie auf einen offenstehenden Safe. Papiere lagen durcheinander gewühlt darin. Leider konnte ihnen niemand sagen, ob etwas fehlte, denn Familie Rose war ausgeflogen, wie es schien.

Aufgebracht schaute Hanno zu Fiona. „Sag mal, was an dem Satz „Warte bitte auf mich" gab es misszuverstehen?"

Was sollte das denn jetzt? Fiona schob ihr Kinn nach vorn. „Es ist keiner hier! Es drohte keine Gefahr! Also habe ich gar nichts falsch verstanden." Ihre Wangen röteten sich vor missbilligender Erregung. Sie wollte Hanno nicht zugestehen, dass er recht hatte.

„Ich ....", habe mir Sorgen gemacht, wollte er eigentlich sagen, wandte sich jedoch resigniert ab. Wann hatte er endlich genug davon. Jeder Versuch von ihm, sich ihr zu nähern, wurde abgeschmettert. Je eher er sich damit abfand, desto besser für ihn.

Laute Sirenen kündigten die Verstärkung an.

Hanno verließ das Schlafzimmer, ging in die untere Etage und verließ das Haus, um den Kollegen mitzuteilen, dass sie nicht gebraucht wurden und um die Kriminaltechnik zu verständigen. Er war sich sicher, dass sie hier die Fingerabdrücke ihres Mörders finden würden, hauptsächlich am Safe und dass diese Fingerabdrücke zu Marko von er Loo gehörten.

Er betrat nun die Garage. Auch hier war Blut zu finden.

Hanno beauftragte Jürgen damit herauszufinden, welche Autos die Roses fuhren und welche Kennzeichen diese hatten.

Fiona gesellte sich zu ihnen in die Garage. Hanno ignorierte sie.

Ermittlungen hin, Ermittlungen her. Er hatte genug davon, sich von Fiona wie ein Stier am Nasenring vorführen zu lassen. Er würde jetzt nach seinen Regeln arbeiten und handeln.

In der Zwischenzeit brachte Jürgen ihm die gewünschten Informationen.

„Beide Autos verfügen über ein Autotelefon. Das Fahrzeug von Jens Rose steht dort drüben auf dem Garagenvorplatz. Ellen Roses Auto ist nicht da." „Ich habe veranlasst, dass es überwacht wird.", setzte Jürgen hinzu.

„Sehr gute Arbeit, Jürgen!", lobte Hanno ihn. „Wärest du so nett und würdest Fiona auch über die neuesten Entwicklungen informieren?" Hanno deutete mit dem Kinn auf Fiona, die mit dem Spurensicherer sprach.

„Ich fahre schon mal vor ins Kommissariat und erkundige mich, was die GPS-Überwachung des Autotelefons macht. Nimmst du sie dann später mit?" Hanno sah Jürgen eindringlich an.

„Was ist denn nun schon wieder los?" Jürgen blickte verwundert von Hanno zu Fiona, die in diesem Augenblick verstohlen zu Hanno rüber sah. Das hatte Jürgen ganz deutlich wahrgenommen. Er schüttelte mit dem Kopf. „Mensch! Mensch! Mensch! Macht euch das Leben doch nicht selbst so schwer." Jürgen konnte es nicht fassen.

„Sag das nicht mir, sag das ihr." Erwiderte Hanno und wies erneut mit dem Kopf zu Fiona rüber.

„Bis später!", verabschiedete sich Hanno und verließ das Rosesche Anwesen mit seinem Wagen. Fiona sah ihm verdutzt hinterher. Das sah er im Rückspiegel.

Als er das Kommissariat betrat, klingelte bereits das Telefon. Er eilte zum Schreibtisch und nahm das Gespräch entgegen. Man teilte ihm mit, dass ein PKW der Roses auf dem Dauerparkplatz des Maastrichter Flughafens geortet worden war.

Sofort bat Hanno um Amtshilfe bei den niederländischen Kollegen.

Kapitel 29

Nachdem die niederländischen Kollegen Ellen und Jens Rose aus ihrem Gefängnis befreit und erst versorgt hatten, saßen sie nun hier bei ihnen in Wassenberg und hatten einiges zu erklären.

Ellen Rose war vollkommen zusammengebrochen, so dass sie den Notarzt kommen lassen mussten, der ihr etwas zur Beruhigung spritzte.

Marko von der Loo war nach wie vor auf der Flucht. Er hatte sich am Flughafen ein Ticket nach Kolumbien gekauft, aber nie eingecheckt. Sie konnten sich nicht erklären, wohin er verschwunden war.

Jens Rose klärte sie darüber auf, dass Hannah und er ein Verhältnis hatten und dass Hannah von einem Kollegen erpresst wurde. Sie sollte sich an dem Abend, an dem sie ermordet worden war mit dem Erpresser, bei dem es sich um einen gemeinsamen Kollegen von Jens und Hannah handelte, treffen.

Er, Jens, sollte in der Nähe sein, um ihr zu helfen, wenn es brenzlig würde.

Deshalb hatte er kurzerhand seine Frau in das Hotel „Zur Burg" übers Wochenende eingeladen.

Sollte Hannah Wirtz Hilfe brauchen, sollte sie ihn per Handy kontaktieren. Offensichtlich war ihr das nicht möglich gewesen.

Als er an dem Abend nach dem Streit mit seiner Frau, dieser gefolgt war und am Fuße des Bergfrieds die Gestalt hatte sitzen sehen, hatte er Hannah sofort erkannt.

Er brachte seine Frau ins Hotel zurück, rief die Polizei und machte sich erneut auf den Weg zur Leiche. Er durchsuchte sie, weil er von den kompromittierenden Fotos wusste, um die es bei der Erpressung ging, und hoffte sie zu finden. Die Fotos waren nicht da, dafür aber ihr Handy, welches er an sich nahm, um den Kontakt zu ihm zu verheimlichen.

Mit Hilfe von Jens Rose konnten sie den Erpresser von Hannah Wirtz ins Präsidium bestellen und zum Tatabend befragen.

Bei diesem Mann handelte es sich um einen 33 - jährigen Arbeitskollegen von den beiden namens Albert Königs. Er gab an in Hannah verliebt gewesen zu sein. Sie habe ihn allerdings abgewiesen. Das hatte er nicht so gut verkraftet, ebenso wenig wie die Tatsache, dass sie statt seiner mit diesem Jens Rose zusammen war.

Er beschrieb ihnen das Geschehen am Tatabend und versicherte ihnen, sie habe noch gelebt als er sie am Bergfried zurückließ. Auf dem Weg zu seinem Auto, war ihm ein Mann entgegengekommen, dessen Beschreibung auf Marko von der Loo passte.

Ellen Rose sagte aus, ihr Bruder Marko habe von der Affäre zwischen Jens und seiner Kollegin gewusst und wollte unbedingt, dass sie ihn verließ. Er sei mehrfach deswegen sogar ausgerastet.

Die DNA-Spuren, die bei Miriam und Hannah gefunden wurden, stimmten mit der DNA aus der Wohnung des Marko von der Loo überein, die sie von seiner Zahnbürste genommen hatten.

Dass er somit Miriam Göddecke ermordet hatte stand außer Frage. Warum er sie umgebracht hatte, da konnten sie nur spekulieren. Am wahrscheinlichsten war die Theorie von Fiona, dass Miriam Marko mit den Fotos Jennifers konfrontiert hatte. Vielleicht hatte sie ihm sogar gedroht etwas gegen ihn zu unternehmen. Die Wahrheit würden sie nie mehr erfahren. Alle an diesem Drama beteiligten waren tot.

Als Jennifer sterben musste, war Marko nicht mehr Herr seiner Sinne. Er konnte nicht mehr rational denken, so dass ihm die Ermordung Jennifers als einzigem Ausweg erschien.

Hanno klappte den Deckel der Akte zu.

„Möchte jemand ein Bier?", erkundigte Jürgen sich bei seinen Kollegen und beförderte drei kalte Pils aus dem Kühlschrank zu Tage.

„Auf jeden Fall!"; erwiderte Hanno. Fiona bedankte sich bei Jürgen. Dieses Feierabendbier hatten sie sich weiß Gott verdient. Verstohlen warf sie einen Blick auf Hanno, der sie seit dem Vorfall bei den Roses ignorierte.

„Warum haben eigentlich die Beamten, die die Villa Rose observierten, nichts davon mitbekommen, was dort los war?", wandte Hanno sich interessiert an Jürgen.

„Die waren zum nächsten Mc Donalds, um sich was zu essen zu holen. Da die ganze Geschichte zu diesem Zeitpunkt inoffiziell lief, quasi in ihrer Freizeit, können wir uns jetzt nicht beschweren.", klärte Jürgen ihn auf und trank sein Bier leer.

„Ich mach mich jetzt auf den Heimweg. Meine Frau erwartet mich heute mal pünktlich zum Essen zu Hause. Tschüss ihr beiden! Bis morgen." Jürgen hob die Hand zum Gruß und griff sich seine Jacke, die über seiner Stuhllehne gehangen hatte.

„Ich mach mich dann auch mal auf den Weg." Hanno erhob sich von seinem Stuhl und sah Fiona an.

Fiona erhob sich ebenfalls von ihrem Stuhl und machte drei Schritte auf Hanno zu. Überrascht blieb er stehen.

„Hast du die Flasche Wein noch, mit der du neulich Abend vor meiner Haustür herumgelungert hast?" ein wenig unsicher sah sie ihn an.

„Die liegt im Auto. Warum?" „Was ist damit?", gereizt sah er sie an.

Du meine Güte Männer konnten so schwer von Begriff sein.

„Vielleicht hast du heute Lust, sie mit mir zusammen zu leeren? Na wie wäre es?"

Ein breites Grinsen erhellte Hannos Miene.

„Zu dir oder zu mir?", stellte er die alles entscheidende Frage und zog sie in seine Arme.

Epilog

Cornwall/England

An der südenglischen Küste fanden Urlauber eine Wasserleiche. Polizeiliche Ermittlungen haben ergeben, dass es sich bei dem Toten um einen per internationalen Haftbefehl gesuchten Deutschen zu handeln scheint, der wegen mehrfachen Mordes gesucht wurde.

Lieber Jogi, liebe Lena vielen Dank für Eure Unterstützung. Ohne Euch hätte ich das nicht geschafft.

Liebe Iris Jansen und liebes Ideenreichteam, vielen Dank für die kunstvoll zu Geschenken verpackten Bücher und für den Verkauf.

Liebe Kristin Hanke-Busscher, vielen Dank für die Chance, bei Euch Lesungen halten zu können und für den Verkauf.

Mein Dank gilt auch dem Myhler Dorfcafé für den Verkauf meiner Bücher.